그렇게 우리는
엄마가 된다

두 딸, 남매,
삼 형제를 키우며
함께 성장하는
워킹맘들의 이야기

그렇게 우리는
엄마가 된다

유혜리 × 이용재 × 최종희 지음

내 안에 상처가 있지만,
아이만큼은 행복하게 키우고 싶은
'엄마'라는 이름으로 살아가는 당신에게

siso

엄마에게는 늘 새로운 이야기가 펼쳐진다.

젖먹이, 배변훈련이 끝나면 편하겠지 생각하지만

또 다른 과제가 기다리고 있다.

초등학교에 들어가는 순간 공부와 스마트폰,

게임 때문에 갈등이 시작된다.

중학생이 되면 사춘기로 접어든 아이들과의

또 다른 세계가 기다린다.

그래서 세상의 모든 엄마는 누구나 대단하다.

외동아이를 키우는 엄마,

성별이 다른 남매를 키우는 엄마,

딸만 둘, 셋을 키우는 엄마,

아들만 둘, 셋을 키우는 엄마.

아이들은 아무리 형제자매라도

성향이나 성격, 개성이 제각각이라 새롭다.

매일 집집마다 다른 양육 이야기가 펼쳐지지만,

엄마라서 공감할 수 있는 이야기들을 나누고 싶었다.

그리고 그렇게 우리는 엄마가 되어 간다.

그렇게 우리는 엄마가 된다

CONTENTS

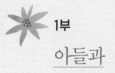

1부

아들과
딸은 달라도
너무 달라!

유혜리

엄마는 아직도 적응 중   12

아이의 모습이 바로 내 모습   18

가끔 그때를 떠올린다   23

아이의 거짓말로 배우게 된 분노조절법   28

억지로 말하지 않아도 돼   36

왜 나만 힘들다고 생각했을까   42

지혜로운 부모가 되는 길   46

아이도 치열하게 살고 있구나   51

있는 그대로 인정한다는 것   57

화는 수많은 감정 중에 하나일 뿐이다   62

상황이 아니라 반응을 통제하기   68

자존감은 부모가 줄 수 있는 가장 큰 선물   73

엄마의 편지_ 사랑하는 아들과 딸에게   78

2부

두 딸
사이에서
건강한
관계 만들기

이용재

아이의 1년은 인생 전체다   82

엄마인 내가 먼저 색안경 벗기   86

아이의 숨은 장점을 찾는 것도 부모의 몫   91

고집과 자기주장은 다르다   96

호기심 대장, 둘째 딸 관찰기   100

자랑스러운 다섯 살 인생   106

비우기 어려운 감정의 쓰레기통   110

미안한 일에 진심으로 사과하기   114

아이 마음 성장의 첫걸음마, 사춘기   118

엄마의 현명한 학습 관리법   123

사춘기 두 딸의 전쟁과 평화   128

소소하지만 특별한 우리만의 이야기   134

엄마의 편지_ 친애하는 두 딸에게   138

3부

나는 아들
셋과 함께
성장하는
중입니다

최종희

시끌벅적 대가족 우리 집   142

세 아이가 준 채움의 시간   147

아이의 생각이 먼저다   152

내 아이만의 걸음을 응원한다   158

아이가 가진 내면의 보물을 찾아서   163

아이를 통해 엄마도 자란다   168

아이는 엄마의 스승이다   172

사춘기 아이를 기다려 주는 시간   176

자기 인생의 주인이 된다는 것   182

역지사지의 마음으로 생각하기   187

이제는 세 가지 색이 다름을 안다   190

기다리면 알게 되는 것들   196

엄마의 편지_ 내 인생의 멋진 스승, 세 아들에게   202

1부

아들과
딸은 달라도
너무 달라!

유혜리

엄마는 아직도 적응 중

"어쩜, 애들이 이렇게 다른지 모르겠어요."

둘이면 둘, 셋이면 셋, 그 이상이어도 당연한 이야기인 것 같다. 같은 부모의 자녀들이라도 성향이 모두 다른 것처럼 사람은 누구나 각자의 고유한 개성을 가지고 태어난다.

성격에 관한 이야기는 오랜 시간 흥미로운 소재로 다뤄지고 있다. 성격 유형 검사도 굉장히 다양하다. 최근 TV 예능 프로그램에서 성격 검사 한 가지가 소개되어 이슈가 되면서 SNS를 통해 자기 성격에 대한 이야기를 많이 공유하고 있다. 유행처럼 말이다.

여러 교육을 통해서도 성격과 관련된 다방면의 이야기는 끊임없이 진행되고 있다. 그 이유가 무엇일까? 사람들은 자신의 모습을 제대로 알고자 하는 욕구가 있다. 또한 주변 사람들의 성향에 대해서도 궁금해한다. 관련된 사례들을 듣다 보면 '아 맞아. 그래서 그렇구나!' 하며 그동안의 오해가 이해의 단계로 넘어가는 지점이 존재하기도 한다.

나 또한 나의 성향을 여러 검사 도구를 통해 파악하고 있다. 가족의 성격에 대해서도 파악하여 남편뿐 아니라 자녀와의 갈등 부분에 있어서 어느 정도 도움이 되었던 것도 사실이다. 인터넷을 통해 무료로 간단하게 진행되는 도구들이 많으니 가족의 성격 유형을 검사해보는 것을 추천한다.

나에게는 너무도 다른 두 아이가 있다. 물론 다른 가정의 자녀들도 그렇겠지만 둘이 정말 다르기에 어려움이 많다. 사실 힘들다는 것은 내 핑계일지도 모른다. 그 아이들을 그대로 인정하고 받아들이면 되는데 말이다. 아이들의 개성에 적응하면 되는 것이다. 개성에 적응한다는 표현은 쉽지만, 이를 마음으로 받아들이는 것은 다른 상황인 듯하다.

큰아이는 아들, 작은아이는 딸이다. 성별만이 아니라 두 아이의 개성은 참 뚜렷하다. 어린 시절부터 나타났던 개성도 뚜렷하지만, 사춘기 때의 모습들은 정말 적응하기 쉽지 않은 부분들이 많았다. 이 글을 쓰는 시점에도 작은아이는 사춘기의 연장 선상에서 하루하루 나에게 다양한 이벤트를 열어주고 있다.

처음에는 많이 당황하고 놀랐으나 이제는 덤덤해진 단계까지 왔다. 힘들지만 매일, 매시간 마음을 다잡고 노력 중이다. 가끔 내 부족함 때문에 '이건 아닌데'라고 느끼며 엄마로서 나의 말과 행동의 변화가 시급하다고 생각될 때가 있다. 그렇기에 부모도 아이들의 개성에 적응하기 위한 노력이나 변화가 필요하다. 이 글을 쓰는 이유도 그중 하나이다.

유난히 사람을 좋아하는 큰아이는 어릴 때부터 사람들과의 연결성에 관심이 많았다. 융통성과 유연함이 가득하고, 유머 감각도 있어 주변 친구들을 즐겁게 해 주는 성향이다. 당연히 누군가와 어울리기도 좋아한다. 개성 있는 돌발행동으로 엄마를 난처하게 할 때도 많지만 근본적 에너지가 외향의 기질로 보기에 충분한 아이다. 대신 뭔가 깊이 생각하기를 좋아하지 않는다. 수학 문제집을 풀 때도 각 단원 앞부분의 쉽고 간단한 문제는 풀었지만, 뒷부분의 생각하는 사고력 문제는 손대지 않았다. 문제가 길고 복잡해지면 아예 시도를 안 했다. 일명 '잔머리'에도 능통한 편이었다.

이 아이의 가장 큰 장점이라 생각하는 긍정적 마인드는 정말 최고인 것 같다. 이와 관련해 기억나는 일이 있다. 옆집에 살며 아이들에게 논술 수업을 해주었던 선생님께서 이런 말씀을 하셨다.

"엄마는 아들을 참 잘 만난 거야. 옆에서 엄마가 지적을 많이 하는데도 애가 이렇게 밝고 긍정적인 건 타고난 것 같아. 진짜 아들 잘 만난 거야."

사실 그때는 "아이가 시끄럽고 워낙 말을 안 들으니 제 목소리가 커지고, 저도 어쩔 수 없어요"라며 반문하고 싶었다. 그러나 정말 다행인 점은 아이는 엄마의 폭풍 잔소리에도 참 밝고 긍정적이며 건강하게 자랐다는 것이다.

작은아이는 유난히 눈물과 수줍음이 많았다. 신생아 때도 닭똥 같은 눈물을 뚝뚝 흘리며 잘 울어서 안쓰러워 보였다. 대여섯 살 무렵 동네에서 자주 만나는 지인의 집에 방문하면 1시간 정도는 전혀 말을 하지 않았다. 질문에도 고개만 움직일 뿐 목소리를 듣기가 쉽지 않았고, 한참 동안 말을 걸어야 그제야 조금 대답을 하는 아이였다. 본인이 주도해 적극적으로 밖에 나가는 일은 별로 없었지만 엄마 손을 잡고 다니는 것은 좋아했다. 아이는 현재 친구들과 외출하는 것을 무척 좋아하는 사춘기 여학생이 되었다.

작은아이는 어릴 때 내향적이며 신중하고 논리적인 성향을 지녔었다. 자라면서 조금은 답답해 보일 때도 있었고, 가끔은 이해되지 않는 부분도 많았다. 그러나 나름 개성이 뚜렷한 아이로 성장하고 있음에 감사함을 느낀다. 사실 아이가 중학생인 요즘, 문득문득 외향적으로 변하는 모습에 당황스러울 때도 많고, 조금 혼란스럽기도 하다.

여기까지가 이제부터 이야기할 나의 두 아이에 대한 간단한 소개다. 엄마인 나는 조금은 외향적인 면이 강한 사람인 듯하다. 둘째의 성향에 약간의 답답함을 느끼면서도, 첫째는 내 성향으로도 감당하기 힘들 때가 있다. 그래서 아직도 혼란스러운 날들의 연속이다.

이 땅의 모든 부모는 자녀로 인해 많은 감정을 경험하고 살 것이다. "우리 아이는 참 착해요. 말도 잘 듣고, 말썽도 안 부려서 제가 정말 편해요"라고 말씀하시는 부모님도 있다. 사실 이 같은 이야기를 들으면 한편으로는 참 부럽다. '어떻게 저렇게 순하고 착한 아이로 잘 키웠을까?' 하며 나의 부족함을 자책하면서도 '분명 뭔가 힘든 건 있을 텐데…'라며 혼자만의 생각으로 셀프 위안을 하기도 한다.

자녀는 내가 아니며, 그들도 각각 독립된 인격체다. 그러기에 각자 개성이 있다. 부모는 이것을 존중해줘야 한다. 물론 바른길로 안내하는 조언자 역할을 해야 하지만, 그 과정에서 아이의 개성을 해치는 말과 행동에 주의를 기울여야 한다. 물론 쉽지 않다. 아니, 어려운 것이 맞다. 그 가정만 겪는 어려움이 분명히 있을 테니까 말이다. 이를 잘 인정하는 시간을 만들어 가는 것이 무엇보다 필요하다.

아이의 모습이
바로
내 모습

외국의 한 영상이 있다. 엄마가 거리낌 없이 길에 쓰레기를 버리고 지나간다. 아이도 쓰레기를 마구 버린다. 아빠가 길에서 사람들을 치며 물건이 떨어져도 무시하고 지나간다. 아이도 그 길을 그대로 따른다. 부모가 타인에게 소리를 친다. 그 자녀도 친구들에게 소리를 지른다. 엄마가 기분에 따라 물건을 던지고 부수는 장면이 나온다. 딸도 똑같이 따라한다. 가족 간에 폭력적인 모습이 그려진다. 아이도 그대로 따라 한다. 영상 후 이런 자막이 나온다.

"아이들은 본다. 아이들은 그대로 한다."

초반에는 무덤덤하게 보던 사람들도 영상이 끝난 후에는 뭔가 답답한 표정이 지어진다. 자신의 이야기 같아 마음이 씁쓸하다는 표현을 하기도 한다. 일단 자녀의 모습에서 많은 생각을 하게 되는 영상이다.

"혹시 두 자녀 이상이신 분들은 큰아이가 동생에게 짜증 내는 행동을 하거나 혼내는 경우를 목격할 때가 있을 겁니다. 그 모습이 너무 싫은 장면인데, 자세히 들여다보면 큰아이의 모습에서 누가 보이나요?"

이렇게 질문하면 대다수 엄마는 "저요, 제 모습이네요⋯" 라고 대답한다. 그러고 나서는 한동안 침묵이 흐른다. 그 침묵은 모두가 동의하는 부분에 대한 암묵의 시간인 듯하다. 나 또한 그러하다. 지혜롭지 못했던 행동이 큰아이에게 투영되어 그것이 동생에게도 전해졌다.

안방에 자리한 오래된 컴퓨터 하드 안에 사진 폴더가 있다. 꼼꼼한 남편이 연도, 월, 일, 나름의 소제목들로 언제 사진인지 쉽게 알 수 있도록 잘 정리해 놓았다. 어느 날 우연히 그것들을 작은아이와 함께 보기 시작했다. 아련하고 재미있어서 시간 가는 줄 모르고 흥미롭게 한참을 보았다. 저절로 웃음이 지어지며 추억이 새록새록 떠올랐다. 아이들의 귀여운 모습은 부모를 자동으로 웃음 짓게 하는 마술 같았다. 사진과 함께 간간이 찍은 동영상도 섞여 있었다. 이것저것 살펴보다가 하나의 동영상을 보게 되었다. 이후 머릿속이 하얗게 되면서 나는 한참을 평평 울 수밖에 없었다.

문제의 영상을 보기 전 다른 영상에서 다섯 살쯤이던 아들이 동생에게 너무 친절하게 말하는 부분이 있었다. 나와 함께 보던 딸은 "어? 이때는 친절했네. 오빠가 나한테 이랬다고?"하며 의아해하기까지 했다. 평상시 동생한테 그리 친절한 모습이 없었기 때문이다. 그 동영상을 본 후에 문제의 영상을 보게 되었다. 영상 속 집은 아이들이 가지고 논 장난감 등으로 정리가 되지 않은 모습이었다. 아마 당시에 아들이 휴대폰으로 찍은 것 같았다. 내 얼굴은 나오지 않고 집안 모습을 이리저리 비추며 움직이고 있었다. 이때 아들이 귀여운 목소리로 나에게 말했다.

"엄마, 그 드라마가 9시 40분에 한대."

그런 아이에게 나는 "그게 뭐 어쨌다고!"라며 엄청 큰 목소리로 짜증스럽게 소리치며 얘기하는 것이 아닌가. 약간 이성을 잃은 듯한 나의 목소리는 정말 충격적이었다. 순간 '내가 저랬다고?' 하며 머리를 떵하고 맞은 듯했다. 정말 다시 보고 싶지 않은 영상이었다. 옆에 있던 딸이 이야기했다.

"와, 엄마 진짜 심하다. 이제 알았네. 오빠가 나한테 왜 그러는지. 다 엄마한테 배운 거네…."

조금은 예상했던 부분이지만 이렇게까지 심한 모습일지 몰랐다. 더 놀라운 건 그 이후 시기의 영상을 보면서였다. 어느 순간 아들이 동생을 대하는 말투가 거칠어진 것이다. 동생에게 무엇인가를 지적하거나 화내는 말투로 말이다. 어린 아들의 그 똘망똘망하고 친절했던 목소리가 변한 영상을 보니 더욱 가슴이 아팠다.

나는 정말 할 말이 없었다. '쥐구멍에라도 들어가고 싶은 심정이 이런 기분이구나'를 실감하며 복잡한 심경이 내 안을 가득 채웠다. 딸이 방을 나간 후 한참 동안 그 자리에서 일어날 수 없었다.

'부모교육 강의에서 수없이 외쳤던 모습이 바로 이거구나! 여기 그 실제 인물이 너무나 분명하게 존재하네.'

부모가 매사 아이들에게 친절히 대하는 것이 쉬운 일은 아니다. 이럴 때는 먼저 본인의 감정을 헤아리고 그 이후 객관적인 태도로 대화해야 한다고 사람들에게 수없이 이야기했다. 나 자신도 솔직히 너무 힘들고 실수하는 부분이라며 고백했던 일이기도 하지만 동영상을 본 후 너무나 부끄러워 더욱더 반성하게 되었다.

'한 아이가 자라기 위해서는 온 마을의 지혜가 필요하다'라는 옛이야기가 있다. 자녀가 한 공동체의 일원으로 바르게 성장하기 위해서는 본보기가 중요하다. 그 첫 번째 본보기가 바로 가족이다. 부모와 형제자매로부터 받는 영향은 무시할 수 없다. 나의 이런 모습이 내 자녀에게 어떤 영향을 줄 것인지, 이로 인해 어떤 아픔과 영향이 가족에게 미칠 것인지를 항상 생각하며 돌봐야 한다. 부모의 작은 행동이 자녀들의 인생과 성격 형성에 지대한 영향을 미치기 때문이다. 따라서 그 지대한 영향력을 긍정의 관점으로 바꾸도록 집중의 힘을 길러야 한다. 그것이 부모가 항상 노력해야 하는 본분이다.

가끔
그때를
떠올린다

10개월쯤 된 아이들을 데리고 네 명의 엄마가 새마을호 기차에 올랐다. 어린아이들과의 동행이라 여러 상황을 생각해서 특실을 예약했다. 다행히 사람은 많지 않았다. 우리는 한쪽 의자를 돌려 마주보며 여행을 시작했다. 아기들과 엄마만의 첫 여행은 설렘과 기대가 되는 시간이었다. 목적지는 산후조리원에서 만난 언니의 집이었다.

출산 후 만난 산후조리원에서 2주 정도를 정말 날것의 모습 그대로 어떤 가식도 없이 함께한 특별한 인연이다. 함께 밥을 먹고 수유하며 누구에게도 보여주기 힘든 모습을 공유한 사이로 몇 년간 그 만남을 이어갔다. 지금도 그때의 사진을 보면 아련하고 따뜻하다. 서로 거리가 먼 곳으로 이사를 하게 되면서 아이들 초등 입학 이후로는 만남이 끊어졌다. 그래도 항상 그리운 이들이다.

기차 안에서 우리는 주목받기 충분했다. 10개월 아이들을 각각 아기 띠에 앉히고, 네 명의 엄마가 기차에 오른 것은 나름 용감한 시도였다. 사실 아이들이 너무 시끄럽게 울어 다른 승객에게 민폐가 되는 건 아닌지 걱정이 많았다. 그런데 정말 다행히 아기들이 크게 울지도 않고, 서울에서 목포까지의 먼 여정을 잘 버텨주었다. 심지어 기차에서의 몇 시간 동안 나는 아들을 앉고 있지도 않았다. 그랬기에 편했던 기억이 더 크다. 10개월 아들은 그럼 어디에 있었던 것일까? 지금 생각해도 재미있다.

당시 기관사님은 기차를 칸칸이 다니며 승차표를 점검하고 승객을 살피는 업무를 하고 있었다. 당연히 우리는 눈에 확 들어오는 승객이었다. 고만고만한 네 명의 아기가 엄마 품에 안겨 있는 모습이 귀엽게 보였을 것이다. 기관사님은 아기들을 보고 "까꿍, 까꿍" 하며 활짝 웃어 주었다. 낯을 가리기 시작한 아이들이라 기관사님에게 안기려 하는 아이는 없었다. 그러나 우리 아들은 달랐다. 워낙 웃기 좋아하는 아들은 기관사님이 팔을 벌려 오라고 하니 엄마는 보지도 않고 바로 안겨서 웃고 있었다. 기관사님이 조심스럽게 물었다.

"아이를 안고 기차 한 바퀴만 돌아도 될까요?"

나는 기분 좋게 "네, 괜찮아요"라고 대답했다. 사실 다른 엄마는 걱정스러워 했지만, 나는 전혀 그렇지 않았다. 기관사님은 기분 좋게 아들을 안고 다른 칸으로 향했다. 그리고 한참을 돌아오지 않았다. 아마 기관사님이 아이를 안고 기차 순시를 하고 있으니 사람들이 관심을 가졌으리라 생각한다. 아들은 승객들에게 미소를 팡팡 날리며 그 시간을 즐겼을 것이다.

요즘 같으면 불가능한 일이다. 아무리 기관사님이지만 아이를 맡기는 건 조심스럽다. 그러나 그때만 해도 기차 안에 웃음을 주는 에피소드였다. 나는 덕분에 기차에서의 시간을 편하게 보낼 수 있었다. 기관사님의 모자를 아들에게 씌운 사진을 보며 가끔 그때를 생각한다.

'너는 어릴 때부터 사람을 참 좋아하는 아이였구나.'

아이가 6개월 때 이사를 하게 되어 행정 처리를 위해 동사무소에 갔었다. 그곳에 있던 주변 사람들이 아들을 보고 "어머, 아이가 참 깐돌깐돌하고 귀여워요. 눈빛에 아주 장난기가 가득하네요" 등의 이야기를 했다. 분명한 것은 사람들에게 정말 확실하게 반응해주는 아이였다.

이사 후 조리원 친구들이나 지인들을 만나러 갈 때는 지하철을 자주 이용했다. 나는 항상 아기 띠를 매고 이동했기에 앉아 있으면 아들은 양옆에 앉은 사람들을 쳐다볼 수 있었다. 아이가 워낙 방긋방긋 잘 웃어서 옆에 앉은 대다수 어른은 손도 잡아보고 웃어도 주며 아이와 소통했다. 하루는 지하철 옆자리에 대학생으로 보이는 청년이 이어폰을 낀 채 책을 보고 앉아 있었다. 항상 주변 사람들과 소통하던 아이가 그날은 옆 사람이 아무런 행동을 하지 않는 것이 이상했는지 팔을 쭉 뻗어서 청년의 이어폰을 잡아당겼다. 결국 청년은 아들을 볼 수밖에 없었다. 민망해하는 나를 보고 괜찮다며 아들을 보고 살짝 웃어 주니 아들도 싱글벙글하며 만족한 듯 미소를 지었다.

어떤 아이들은 누군가 아는 척을 하면 무서워하며 울거나 무반응을 보이는데, 이 아이는 타고난 성격이 발현되는 모습인 것 같다. 그런 의미에서 아들은 정말 어릴 때부터 남달리 사람을 좋아했다. 지금의 모습도 다르지 않다. 여러 각도의 행동을 종합해 보면 사람과의 교류와 소통을 정말 중요시하는 아이다. 그것이 장·단점으로 영향을 끼치고 있다.

때로는 아이의 그런 모습이 보기 싫을 때가 있는 것도 사실이다. 자라면서 변하는 성향도 있고, 부모가 바라는 모습도 존재한다. 하지만 어느 정도 타고나는 성향 자체는 부모의 어떤 목적이나 욕심으로 변하게 할 수 있는 것이 아니다. 이를 이해하는 것 자체가 여전히 쉽지 않다. 조금씩 내려놓으며 천천히 이해하는 과정에서 부모는 또 다른 인내의 시간을 견뎌야 한다. 이 과정을 지혜롭게 잘 이겨내면 서로에게 긍정적 작용을 줄 수 있을 것이다.

아이의 거짓말로
배우게 된
분노조절법

아이들이 사춘기가 되는 시기에는 다양한 행동이 나타난다. 조용히 지나가는 아이들도 있는 반면에 전혀 생각하지 못한 기발한 모습들로 부모를 놀라게 하는 아이들도 있을 것이다.

큰아이의 사춘기를 되돌아보면 특별히 문제 되는 행동으로 힘들게 했던 기억은 없다. 천성이 명랑하고 밝으며, 움직임도 많고, 말도 많은 유쾌한 아이였기에 그럴 수 있었던 것 같다. 크게 몸으로 대드는 행동도 없었고, 불량행동으로 학교에 불려간 적도 없었으니 이만하면 잘 보낸 거라 생각한다. 그런데 한 가지 기억나는 것이 있다. 이 이야기를 주변 사람들에게 하면 "어머, 애가 머리가 좋네요. 잔머리가 대단해요" 등의 대답을 듣곤 한다.

초등학교 3학년 겨울 방학, 아이는 매일 1시간 정도 태권도 학원에 다니고 있었다. 어느 날 오후, 나는 일과 관련된 전화가 와서 휴대폰 통화를 했다. 당시 집에서는 070 번호를 사용했는데, 그 전화기는 휴대폰과 비슷하게 문자도 보낼 수 있고 통화내역 삭제도 가능했다. 내가 휴대폰으로 통화하는 중에 집 전화벨이 울려 아들이 받았다. 누군가와 통화하는 소리가 났지만, 나도 일과 관련된 이야기로 집중하고 있었기에 아들의 이야기 내용은 듣지 못했다. 그러고 나서 통화가 끝난 후 아들에게 물었다.

"어디서 온 전화야?"

"아~ 엄마, 잘못 걸려 온 전화야."

가끔 그런 전화가 올 때가 있으니 대수롭지 않게 생각했다. 그리고 아들은 태권도 학원에 갔다. 잠시 후 이웃 언니에게 전화가 왔다.

"너 그거 알아?"

"언니, 뭐요?"

"○○이 태권도 학원을 3일이나 안 갔대."

"네? 저희 애가요? 매일 태권도 갔는데…. 지금도 학원 간다고 나갔어요."

"아니야. 우리 애가 그러는데 계속 안 온다고 해서 내가 지금 너한테 전화한 거야."

"아니 그럴 리가 없는데…. 만약에 그랬으면 학원에서 전화가 오지 않았을까요? 알겠어요. 우선 학원에 전화해 봐야겠네요. 고마워요, 언니."

통화가 끝나고 나는 한 대 얻어맞은 기분이었다. 매일 태권도 학원에 잘 다녀왔던 아이였다. 일단 '설마' 하는 마음으로 확인을 위해 바로 태권도 학원에 전화했다.

"사범님, 안녕하세요? ○○엄마예요."

"어머니, 안녕하세요. 안 그래도 ○○이가 계속 안 나와서 좀 전에 전화했는데, ○○이가 받더니 여행 다녀오느라 이번 주 계속 못 나왔다고 하더라고요. 오늘은 피곤해서 못 온다고 하던데요."

"○○이가 그랬어요? 아…, 사실 저희가 여행을 가지 않았는데…. 아이가 학원에 가기 싫었나 보네요….."

그 후의 통화내용은 머릿속이 복잡해서 제대로 기억나지 않는다. 일단 엄청난 배신과 분노의 마음이 치밀어 올라왔다. 한편으로는 아이가 며칠 동안 연락도 없이 학원에 가지 않았는데, 이제야 연락을 준 사범님에게 서운하기도 했다.

일단 상황정리가 필요했다. 아이는 오늘까지 월, 화, 수, 목 매일 태권도 학원에 갔다. 그런데 학원에 안 갔다면, '이 추운 겨울에 도대체 어디를 갔었던 것일까? 공부하는 학원도 아니고 뛰어놀며 운동하라고 보낸 태권도가 그렇게 싫었나?' 등등 오만가지 생각이 머리에 맴돌았다. 너무 속상하고 화가 나서 '머리에 김이 난다'라는 표현이 절로 나왔다. 아까 연락을 준 언니에게 다시 전화를 걸어 상황을 이야기하니 언니도 "어머머… 그런 일이 있었구나. 그럼 지금은 어디에 간 거야?"라고 걱정해 주었다.

화가 가라앉지 않아서 친정 언니와 친한 동생한테도 전화해서 이럴 때는 어떻게 해야 하냐며 넋두리를 했다. 일단 좀 기다려보고, 들어오면 너무 혼내지 말라고 이야기하면서

"어머, 어쩜 애가 잔머리 대박이다" 하는 반응이었다.

그렇다. 아무리 생각해도 그 나이에는 좀 빠른 감이 있는 거짓말이었다. 물론 거짓말의 시작 시기가 정해져 있는 것은 아니지만 말이다. 아들의 거짓말에는 여러 단계의 시나리오가 있었다. 일단 학원에 가지 않았고, 그 시간 동안 집을 나갔으며, 더 기막힌 것은 사범님의 전화에도 솔직하지 못했다. 거기에 엄마가 묻는 말에 또 거짓말을 했고, 통화내역까지 삭제하는 치밀함을 보였다. 지금 생각하면 살짝 웃음도 나고 어이없는 일이지만, 당시에는 너무 화가 나고 큰 걱정일 수밖에 없었다.

이런 아이의 행동에 부모는 즉흥적으로 대처하기보다 '분노조절 3단계 방법'을 적용하는 것이 좋다.

1단계는 stop, 잠시 멈추는 것이다. 우선 아이가 들어오기만을 기다렸다. 그렇게 맹랑한 거짓말을 알아차렸을 때 눈앞에 아이가 있었다면 어땠을까? 아마 분노에 못 이겨 소리를 고래고래 지르며 아이를 윽박지르고, 분명히 신체적 접촉까지 했을지도 모른다. 상상만으로도 뻔한 상황이 눈앞에 그려진다. 그런데 정말 다행인 것은 그 사실을 알았을 때 내 눈앞에 아이가 없었다는 것이다. 의도하지 않았으나 화를 낼 수밖에 없었던 나의 감정 상태가 어쩔 수 없이 잠시 멈춤의 상태가 되었다.

2단계는 think, 생각하는 것이다. 아들이 돌아오기까지 1시간 반 정도 걸렸다. 그사이 나는 멈춤과 동시에 '어떻게 해야 하지?' 하며 생각하는 시간을 가졌다. 여기저기 전화를 걸어 다른 사람들의 이야기를 들으며 조금씩 생각을 정리할 수 있었다. 아들이 들어오면 첫마디를 어떻게 해야 할지를 정말 많이 고민했다. '일단 화를 낼까? 아니야, 그냥 화내지 말고 모르는 척하고 있어 볼까? 태연하게 태권도 잘 다녀왔냐고 물어볼까?' 등등 수만 가지 생각으로 머릿속이 복잡했다. 결론이 쉽게 나지 않아 다양한 경우의 수를 계속 생각할 수밖에 없었다. 그사이 이성적인 생각이 작용하여 분노의 감정이 조금은 낮아질 수 있었다.

3단계는 choose, 선택하는 것이다. 엄청난 고민을 했지만 확실한 결정을 내리지 못했다. 그사이 아이가 들어왔다. 나는 소파에 앉아서 일단 아들을 쳐다보았다.

"엄마한테 할 말 없어?"

"어? 뭐?"

대답하는 아들의 눈동자가 흔들리는 것을 느꼈다. 일단 분노를 표현하지 않은 건 성공적이었다. 내게 1단계 '멈춤' 과 2단계 '생각하기' 시간의 여유가 없었다면 이렇게 행동 하지 못했을 것이다. 이를 거쳐 3단계 '선택'을 차분하게 할 수 있었다.

물론 이러한 과정 없이도 차분하게 잘 대처하는 현명한 엄마들도 많다. 그러나 당시의 나는 그렇지 못했고, 지금도 자신 없는 부분이다. 순간 치밀어 오르는 분노를 아이들에 게 그대로 표출하는 행동을 반복하면서 항상 반성하지만 고 치기가 쉽지 않다. 아들의 큰 거짓말에 당황스러웠으나 지 금 되돌아보면 덕분에 '멈춤, 생각, 선택'의 분노조절 방법 이론을 실천해 볼 수 있었다고 생각한다. 경험이 큰 자산이 라는 것은 확실하다. 물론 그것이 실패이거나 아픈 경험일 수도 있다. 그래도 이를 자산으로 삼아 노력하려는 마음이 생긴다는 것은 긍정적이다. 여기에 실천까지 할 수 있는 결 단력이 있다면 더할 나위 없다.

아직도 아이들과의 시간에서 나의 분노조절은 다수 실패

하고 자책하며 속상해하기도 한다. '언제까지 이 과정이 반복될까?' 의문일 때도 있다. 하지만 서로에게 어떤 과정이 만들어져 가는지 깊이 생각하며, 또다시 노력해 보자고 다짐한다.

억지로
말하지
않아도돼

작은아이의 어린 시절 어느 날, 같은 유치원에 다니는 아이 엄마에게 전화가 왔다.

"우리 애가 그러는데 오늘 △△이가 유치원에서 울었대요. 왜 그런지 잘 모른다는데 한번 물어봐요. 걱정돼서 전화했어요."

일부러 전화까지 해 준 마음이 고마웠다. 이후 딸에게 가서 물었다.

"오늘 유치원에서 울었어? 무슨 일 있었어? 엄마한테 얘기해 봐. 괜찮아.”

한참 뜸을 들이더니 “몰라…. 기억이 안 나”라고 짧게 대답했다.

‘정말 기억이 안 나는 걸까? 아니면 생각하기 싫은 상황인 걸까?’

아마 후자일 가능성이 커 보이지만, 대답을 거부하는 아이에게 더 이상 묻기 힘들었다.

작은아이가 일곱 살 정도 무렵, 나는 일을 준비하기 위해 배워야 하는 것들이 많아서 바빠지기 시작했다. 연수나 워크숍 등에 참여하게 되는 일들도 많아졌다. 어쩔 수 없이 오후 6시까지 운영되는 유치원으로 옮겨야 했다. 그곳은 나에게 아주 필요한 곳이었다. 작은아이와 같이 다니는 아이들 중에는 어쩌다 6시까지 유치원에 있게 되면 집에 돌아와서 엄마에게 하는 말이 똑같다고 했다.

“오래 있기 싫어! 빨리 데리러 와! 이제는 늦게까지 안 있을 거야!”

물론 프로그램도 있고 선생님들께서도 잘 돌봐주시지만, 늦은 시간까지 있는 아이들이 소수였기에 집에 일찍 오고 싶어 하는 것은 당연한 일이었다. 그러나 우리 아이는 빨리 데리러 오라는 이야기를 한 번도 하지 않았다. 집에 빨리 와서 엄마와 많은 시간을 보내고 싶었을 텐데 어떤 투정도 하지 않고 그냥 주어진 상황에 순응한 듯했다. 지금 생각해도 너무 가슴이 아프다. '그때도 그렇게 표현하지 않았구나!' 생각하니 더 마음이 쓰인다.

아이가 초등학교 1학년 때 있었던 일이다. 1학년은 엄마들의 교류가 있어야 아이들도 친해질 수 있다는 암시적 규칙이 어느 정도 존재했다. 당시 1학년 같은 반 엄마들은 학기 초 총회에서 처음 만나면서 자연스레 모임을 형성했다. 이후 모임이나 아이들의 생일파티를 하면서 엄마들도 더 친해졌다. 큰아이가 초등학교에 입학할 때는 일을 쉬었기 때문에 그런 모임에 전부 따라다니면서 엄마들과도 친하게 지냈다. 그러나 작은아이 때는 조금씩 다시 일을 시작하던 시기였기에 시간을 맞출 수가 없었다. 다행히 총회는 참석해서 엄마들과 안면을 터놓은 상태라 아이들의 생일파티가 있으면 나는 못 가더라도 아이만은 참석할 수 있었다.

한 아이의 생일파티가 있던 날이었다. 경험상 함께 놀다

보면 시간이 길어지기 때문에 "오늘은 생일파티 가니까 재미있게 놀고, 피아노 학원은 안 가도 괜찮아"라고 딸에게 이야기했다. 그날 나는 늦은 시간에 귀가해서 생일파티에 대한 이야기는 전혀 듣지 못했고, 아이도 거기에 대한 언급을 하지 않았다. 나도 그냥 '재미있게 잘 놀고 왔겠지'라고만 생각했다.

보통 생일파티 코스는 아이들이 엄마들과 함께 패스트푸드점에서 햄버거를 먹으며 생일파티를 하고, 이후 키즈카페 등에 가서 아이들은 신나게 놀고 엄마들은 수다 타임을 갖는다. 간혹 시간이 가능한 엄마들은 저녁까지 함께 먹고 헤어지기도 한다. 나는 그날 아이가 당연히 키즈카페까지 함께 가서 놀았을 것으로 생각했다. 그런데 며칠 뒤 한 엄마에게 연락이 왔다. 그 엄마도 일을 해서 아이만 생일파티에 참석했었다. 그 아이가 울면서 엄마에게 이야기하기를, 햄버거를 먹은 후 두 아이는 키즈카페에 안 가고 엄마가 없으니 피아노 학원에 갔다는 것이다. 나는 그 이야기를 듣고 너무 황당하고 속상했다.

'키즈카페까지 가서 놀라고 선물도 사서 보내고 학원에

가지 않아도 된다고 했는데…. 이게 뭐지? 딸이 완전 서운하고 속상했겠네.'

여러 감정이 교차했다. 물론 가장 먼저 들었던 감정은 다른 엄마들에 대한 서운함이었다. 엄마가 동행하지 않았다고 우리 아이들을 무시한 건가 싶은 마음에 서운함이 크게 밀려왔다. 나중에 알게 된 사실은 모든 아이를 데리고 키즈카페에 갔는데 마침 그날 영업을 하지 않아서 갑자기 계획을 변경할 수밖에 없었다고 한다. 이후 멀리 갈 수도 있는 상황이라 두 아이가 걱정되어 어쩔 수 없이 아이들을 학원으로 보내는 것이 좋겠다는 생각에 학원 앞까지 신경 써서 데려다주었다고 했다.

나는 엄마들의 입장을 충분히 이해하며 안전하게 학원까지 데려다준 것에 감사했다. 그러나 아이들이 서운했던 점은 어쩔 수 없었다. 아이들은 자기 둘만 엄마가 함께하지 못해 학원으로 보내진 느낌을 받았을 테니까 말이다. 그 부분에 대해서는 나도 아이에게 미안한 마음이 크다.

더 속상했던 것은 그날의 상황을 작은아이는 누구에게도 이야기하지 않았다는 점이다. 어린 마음에 나름 속상하고 상처가 될 만한 일이 분명했기에 이런 감정을 엄마에게 이야기하는 것이 보편적일 텐데 딸은 달랐다. 이후 "그날 친구들하고 오래 놀지 못하고 바로 학원으로 가서 속상하지 않았어?"라는 나의 질문에 딸은 그냥 슬며시 웃기만 했다. 나는 나중에 키즈카페 가서 오래 놀자는 말로 위로해 주었다.

이렇듯 몇몇 사건만 보아도 작은아이는 말하기를 좋아하지 않는다. 어쩌면 본인에게 상처가 되고 마음이 아픈 기억을 꺼내 내색하는 걸 싫어했던 것 같다. 엄마 입장에서는 아이가 아이답게 이야기해주기를 바라는 마음이지만 이 또한 엄마의 바람이고 욕심일 수 있다. 다행히 아이들은 변화한다. 급변은 아니더라도 조금씩의 변화는 성장하는 내내 계속되고 있는 것을 지금 이 순간도 경험하고 있다.

"그래, 억지로 말하지 않아도 돼. 네가 하고 싶을 때 이야기하렴."

왜
나만 힘들다고
생각했을까

작은아이와 심각하게 부딪히는 일이 점점 많아졌다. 중학생이 된 아이는 너무 많이 변해갔다. 아니, 변한 것이 아니라 시대에 유연하게 적응하며 잘 자라고 있다는 증거일 수 있다. 사회성이 조금씩 좋아졌다는 이야기도 된다. 하지만 엄마인 내가 거기에 발맞춰 적응하기란 쉽지 않다. 인정의 욕구를 충족시켜주는 취지로 이해하기 위해 더없이 생각하고 노력했지만, 각자의 입장에서 느끼는 행동들로 인해 서로의 스트레스 상황이 깊어지게 되었다.

사람은 누구나 조금씩 편견과 고정관념에 사로잡혀 있다. 겉으로 표현하지 않을 뿐이다. 자녀에 대한 편견과 고정관념도 부모들마다 있을 것이다. 아동 상담 전공으로 박사 논문을 준비하는 친한 동생에게 연락이 왔다. 질적 연구로 논문을 진행하는데 나와 딸의 이야기를 듣고 싶어 했다. 잠깐 고민이 되긴 했지만 참여하기로 했다. '사춘기 자녀를 둔 어머니의 존재론적 탐구'가 그 주제였다. 인터뷰로 인한 여러 번의 만남이 있었고, 그때마다 내가 해야 하는 과제가 있었다. 처음 주어졌던 과제의 질문은 딸에 대해 가지고 있는 나의 생각이었다. 첫 인터뷰에서 내가 정리해 간 내용을 본 동생이 말했다.

"언니, 이건 다 언니의 편견이에요."

그 말을 듣는 순간 뭔지 모를 감정에 사로잡혔다.

'내가 작은아이를 규정했던 생각들이 다 아이에 대한 나의 편견이라고? 아니야, 이건 객관적으로 봐도 좀 이상한 것들이잖아?'

내가 객관적이라고 주장하는 부분이 나만의 주관적 생각일 수 있다고 들으니 울적했다. '왜 저렇게 할까? 저런 행동은 하지 않았으면 좋겠는데'라고 여겼던 부분이다. 내가 그렇게 힘들어하고 자주 부딪쳤던 부분이 단지 나의 편견 때문이라는 말에 뭔가 씁쓸하고 억울함이 느껴졌다.

'그로 인한 스트레스가 다 나의 편견과 고정관념이라니. 스트레스는 자기 스스로 만드는 것이라는 말처럼 정작 내가 그래왔던 것인가?'

딸도 나로 인한 스트레스가 무척 많았다고 한다. 다른 엄마처럼 친절하지도 않고, 따뜻한 말 한마디 하지 않고, 걸핏하면 소리만 지르고, 짜증내고 하는 모습이 엄마를 바라보는 시선이었단다. 그 말을 듣고 '아, 그동안 나는 무엇을 하며 지낸 것인가…' 하는 자괴감에 빠질 수밖에 없었다.

동분서주 기회를 만들어가며 일을 하기 위해 노력했다. 새로운 배움에 도전하고 실패와 성공을 맛보기도 했다. 사실 위대한 자아실현을 위한 것은 아니었다. 나의 활동으로 경제적 대가를 얻으며, 나의 존재에 대한 자신감을 찾고자 했다. 그래서 기회를 찾고 나름의 상황에서 열심히 노력했던 것이다. 그런데 그 이면에 자녀와의 관계에서는 뭔가 큰 것을 놓치고 있었던 것 같다. 정말 속상하고 괴로웠다. 아이가 따뜻하고, 친절하며, 언제나 의지하고, 편안한 엄마를 바라는 것은 당연하다. 하지만 나는 그렇지 못했다.

만약 반대의 연구로 딸에게 엄마를 생각하면 떠오르는 것을 적어보라고 했다면 어땠을까? 그 답이 예상되기에 고개가 절로 저어진다. 그것이 단순히 딸의 고정관념과 편견은 아닐 거라는 생각이 든다. 아이가 느낀 그대로이며 객관적이지 않을까 싶다. 그래서 더 무섭고 속상하다. 엄마에게서 시작된 고정관념과 편견으로의 스트레스가 아이에게 전달되는 것은 정말 가슴 아픈 일이다.

내 생활에 너무 빠져있으면서 아이를 외롭게 한 것이 아닌가 생각된다. 그 외로움이 아이에게는 스트레스로 다가왔을 것이다. 그것이 어떤 상처가 되어 엄마에 대한 원망과 설움으로 내면에 남는다고 생각하니 너무 미안했다.

'왜 나만 힘들다고 생각했을까? 왜 스트레스는 엄마만 있다고 생각하며 행동했을까? 왜 자녀도 부모로부터 상처를 받을 수 있다는 중요 포인트를 놓쳤을까?'

지혜로운
부모가
되는 길

최근에도 유행하는 일명 '액괴'라고 불리는 슬라임 놀이
가 있다. 아이들이 주로 많이 가지고 놀지만, 남녀노소 그 매
력에 빠지면 자꾸만 손이 가는 것이라고 한다. 2~3년 전부
터는 슬라임을 전문으로 하는 카페와 체인사업이 많이 생길
정도로 인기 있는 하나의 놀이문화가 되었다.

또한 요즘은 초등학생들에게 꿈이 뭐냐고 물어보면 1~2
위가 유튜버다. 전 국민의 많은 수가 유튜브 채널을 한 개쯤
은 운영하고 있다. 심지어 나조차도 6개월 전 유튜브 채널

을 시작했다.

작은아이가 5학년 때 처음 휴대폰이 생겼고, 당시 액괴가 유행하기 시작할 즈음이었다. 기계에 그다지 관심이 없던 나는 아이가 뭘 하는지 처음에는 크게 신경을 쓰지 않았다. 그런데 알고 보니 유튜브에 본인이 찍은 영상을 올리고 있었다. 그때는 지금처럼 유튜버에 대한 인식과 유행이 조금 덜할 때였다. 거치대를 책상에 놓고 액괴를 만지며 나름 열심히 뭔가를 했고 구독자 수도 꽤 많았다. 그때는 거의 관심 밖의 영역이었기 때문에 당시 딸의 구독자 수가 많은 편이었다는 것을 몰랐다. 지금으로서는 내게 꿈같은 숫자가 분명하다.

아이는 오동통한 손으로 액괴를 다양하게 제조하고 창의적으로 좋은 영상들을 만들었다. 그래서 아이의 닉네임을 사용한 사칭 영상이 올라오기도 했고, 요즘도 딸의 닉네임인 '△△님 영상 참고로 만들었어요' 하는 영상이 있을 정도다. 아이는 팬으로부터 선물도 받았다. 집으로 작은 택배들이 도착했는데, 또래 아이들이 보낸 컬러풀한 종이나 엽서 등이었다. 아이는 귀여움 가득한 팬의 선물을 공개하는 영상도 찍었다. 당시에는 휴대폰 편집 프로그램이 없을 때였는데 아이는 컴퓨터 프로그램으로 영상 편집도 하고, 자막과 음악도 넣으며 잘 만들었다.

지금은 유튜브가 대중적으로 퍼진 상황이지만, 그때는 정보가 무지했고 관심도 없었기에 딸이 유튜브를 하는 게 너무 싫었다. 아이가 종류별로 액괴를 계속 사는 것도, 이 그릇 저 그릇에 말라붙은 액괴가 나오는 것도 싫었다. 단지 아이가 방에서 액괴만 만지고 있는 게 시간 낭비라는 생각만 들었다. 5분짜리 영상을 위해 편집 등을 하느라 몇 시간을 컴퓨터 앞에 앉아 있었다. 지금은 내가 그러고 있으니 헛웃음이 나온다.

딸의 그 모습이 싫었던 나는 1년을 지켜보다가 결국 "너 중학생 때도 계속할 거야? 그건 아니지 않니? 6학년까지만 해!"라고 명령조의 단정을 지어버렸다. 어느 순간 아이는 올렸던 영상과 백업된 영상까지 다 삭제했다. 지금은 '내가 바보같이 왜 그랬지? 아이도 얼마나 아까울까?' 하는 생각에 아이에게 미안하다. 최근에는 오히려 딸에게 "다시 유튜브를 해 볼 생각은 없어?"라고 묻기까지 했다. 딸은 완강하고 퉁명스럽게 대답했다.

"엄마가 하지 말라고 했잖아!"

딸은 왜 액괴에 빠졌을까? 물론 액괴가 나쁜 것은 아니다. 아이들이 촉감을 통해 다양한 발달과 창의력을 높일 수 있고, 스트레스 해소 효과도 있다고 한다. 슬라임 카페에 어른 손님들도 많다는 기사를 보았다. 지금 추측해보면 여러 가지 원인이 있겠지만, 일단 엄마가 많은 시간을 함께하지 못한 것이 큰 요인이었던 것 같다. 스스로 외로움을 극복한 방법이었을지도 모른다. 혼자 있는 시간이 길어지면서 본인에게 재미있게 다가왔던 것으로 영상을 찍고 구독자들과 소통하며 지냈던 것이다.

지금은 내가 유튜브를 하면서 딸에게 "구독 좀 해줘. 조회수가 너무 없으니 한 번씩 봐줘"라고 이야기하는 상황이다. 사춘기인 아이가 어떻게 생각할지 부끄럽기까지 하다.

결과적으로 아이가 흥미를 느낀 일에 대해 엄마의 편협한 시각과 욕심으로 아이의 재능을 잃게 만들었다. 지금 생각하면 후회되고 아쉬운 마음이 크다. 엄마의 정보력이 중요함을 알고 있지만, 그것이 꼭 학습에서뿐임은 아닌 것 같다.

교육 정보만큼 세상이 변해가는 속도와 방향에 대한 정보력 또한 중요하다.

특히 코로나 19 이후 세상은 우리가 상상하지 못했던 흐름으로 빠르게 변화하고 있다. 우리 아이들의 미래 시대는 어떻게 펼쳐질지 사실 걱정과 고민이 크다. 이럴 때 부모가 해 줄 수 있는 것이 정말 무엇일까? 일단 아이들이 스스로 찾은 무엇인가에 대해 지지해주는 것이 중요하다. 더불어 그것의 방향성을 지혜로운 시각을 가지고 안내해 줄 수 있는 부모의 역할이 필요하다. 나중에 후회하는 마음이 생기지 않도록 말이다.

아이도
치열하게
살고 있구나

    딸이 다니는 중학교는 남녀공학 합반으로 요즘 추세에 비하면 한 반당 인원도 많은 과밀 학급이다. 근처에 남중은 따로 있는데 여중이 멀어서 반에 남녀비율을 보면 여학생이 더 많다.

    초·중·고등학교를 막론하고 부모들이 자녀를 학교에 보내고서 걱정하는 부분이 있다. 심지어 대학교 또는 직장에서조차 존재하는 부분이다. 바로 내 자녀가 왕따 당하지 않고 친구들과 잘 어울리며 지내기를 바라는 것이다. 요즘은 유치원 아이들도 이런 이야기를 한단다.

"엄마, 누구랑 누가 나 빼놓고 오늘 귓속말했어. 속상해 나만 빼고."

모든 부모는 내 아이가 친구들과 잘 어울리고 항상 밝은 모습만 보이기를 바란다. 나 또한 마찬가지다. 그동안 아이의 성향으로 보아 친구들과 잘 어울리기만 해도 감사하다고 생각했다. 중학교 2학년 때 작은아이의 반에는 소위 조금 논다는 아이들이 많았다. 물론 쉬는 시간까지 아껴가며 공부에 열중하고 아무런 문제를 일으키지 않는 모범생들도 소수 있는 반이었다. 딸은 모범생(규정하기 어렵지만) 친구들하고 어울리지는 않는 듯했다. 그러니 딱 두 부류로 나뉜 반 친구들을 볼 때 조금 논다는 아이들과 어울렸다.

아이들이 같이 다닌다는 것은 쉬는 시간에 화장실도 같이 가고, 급식도 같이 먹으며 어울린다는 의미다. 그중 몇 아이들이 하교 이후 시간에 중학생으로서 어긋나는 행동을 했던 것 같다. 그래서 학교에서 문제가 되기도 하고 선생님들의 주목을 받았다. 약간의 낙인효과가 작용한 것이다. 딸이 학교에서 그 친구들과 같이 다녔기 때문에 선생님들도 하교 후의 어울림을 당연히 예상하고 계셨다. 다행인 것은 그 친구들과 집 방향이 전혀 반대였다. 각자 다니는 학원 시간도 맞지 않았기 때문에 하교 후에는 어울릴 수 없는 상황이었다.

그러나 딸도 교칙에 어긋나는 행동을 자주 해 벌점 대신 주어지는 자성교실의 단골 학생이었다. 자성교실에 가게 되면 남아서 일명 '깜지'라 불리는 벌칙인 명심보감 쓰기를 했다고 한다. 자성교실 입성의 단골 메뉴는 입술에 틴트 바르기, 슬리퍼 미착용 등 학교생활 규칙과 관련된 것이다. 사실 작은 규칙을 어기는 것도 옳은 행동이 아닌데, 딸은 그에 대한 경각심이 전혀 없는 것 같았다. 매번 "나 말고도 애들 엄청 많이 남았어"라며 항상 별것 아니라는 태도를 보여서 너무 속상했다. 그리고 나의 어떤 이야기도 짜증 나는 잔소리로만 듣는 시기였다.

자잘한 문제들이 자주 일어났다. 소위 '중2병'이라는 것을 너무나 가깝게 실감하는 쫄깃쫄깃한 시기였다. 이슈가 생길 때마다 나는 가슴이 철렁할 때가 한두 번이 아니었다. 하지만 그 가슴 철렁함에 대해 나만 심각하게 받아들이고 있었다. 아이가 반성하는 기미도 보이지 않아 점점 화가 나서 하루는 이렇게 말했다.

"엄마는 진짜 힘들다. 어떻게 맨날 문제를 일으키는 거니? 자성교실도 자주 가고, 엄마한테 말하지 않은 것도 있지? 이제 담임선생님의 전화가 오면 가슴이 '훅' 하며 기운이 쭉 빠진다. 선생님도 너 걱정 많이 하셔…."

가만히 듣고 있던 딸이 이야기했다.

"엄마, 나도 이 정도까지만 하기 힘들다니까. 나는 뭐 쉬운 줄 알아? 하교 후에 애들이 놀자 해도 내가 일부러 안 나가고 있는 거야. 나가면 뭘 하고 노는지 뻔히 아는데 그건 아닌 거 같아서 내가 나름 자제하고 있는 거야. 엄마가 자꾸 이런 식으로 하면 나도 확 나가버릴지도 몰라."

'헉….'

일단 딸의 대답에 너무 속상했다. 중2병에 제대로 걸린 딸이 자기 맘에 들지 않으면 나가서 일탈 행동을 하겠다는 엄포 같았다. 그런데 잠시 생각해보니 다른 느낌이 들었다.

'그래도 자기 스스로 기준은 가지고 있구나. 해야 할 행동과 아닌 행동을 구분할 줄은 아는구나. 그래, 그것만도 다행

이라면 다행인 거다. 너도 거기에 어울리지 않고, 유혹을 뿌리치기 위해 나름 애쓰고 있는 거구나.'

이렇게 생각하니 갑자기 아이가 안쓰럽게 느껴졌다. '모범생들과 어울리며 공부에 집중하면 참 좋을 텐데'라고 생각하지만 이 또한 부모의 욕심이다. 아이는 스스로 학교라는 사회에 적응하기 위해 고군분투 중이었다. 혼자가 아닌 어울림을 택하며 반 친구들과 함께하고 있던 것이다. 행동의 옳고 그름을 파악하고 있기에 본인 행동에 있어서 나름의 선택을 하고 있었다. 친구들의 유혹을 피하는 것이 그 또래에게 쉽지 않다는 것을 너무나 잘 안다. 그래서 딸의 마음도 편치 않았음이 전달되었다. 그동안 내가 너무 내 생각대로 표현한 것이 미안했다.

말과 표현에 지극히 인색하던 딸인데 자기 생각을 가지고 생활하는 것 같아서 다행이었다. 기준을 가지고 지키기 위해 노력하고 있다는 것을 간과한 점이 내 불찰이었다.

"건강하게만 자라다오"라는 이야기가 TV에 나올 때 아이가 나에게 말했다.

"엄마는 왜 안 그래? 이렇게 건강하게만 자라는 것도 감사해야 하는 거 아니야?"

맞는 말이다. 나를 비롯한 모든 부모는 자녀들도 나름의 생각과 기준을 가지고 열심히 치열하게 살고 있음을 간과해서는 안 된다.

'너의 그 기준을 사회규범에 어긋나지 않는 올바른 규칙으로 계속 잘 유지하렴. 힘들지만 지금의 시기를 잘 견뎌내기를 바랄게.'

있는 그대로
인정한다는 것

    욕구에 관한 여러 학자의 다양한 이론이 있다. 이론에서 뿐만 아니라 현실에서도 누구나 자신의 욕구 충족을 바라며, 그것이 발전적 방향의 성숙과 성장을 가져오는 원동력으로 작용한다. 심리학자 윌리엄 제임스는 "인간 본성의 가장 근원적인 원리는 바로 인정받고자 하는 욕구이다"라고 이야기했다. 인정의 욕구는 이처럼 굉장히 중요한 포인트다.

    남녀노소를 불문하고 자신이 상처받거나 마음 아팠던 기억을 떠올려 본다면 어떨까? 그러한 사건 뒤에는 반드시 인정의 욕구가 충족되지 않음이 함께한다. 이로 인한 마음의 불안과 공허함이 오랜 기간 상처가 된다. 따라서 건강한 마음의 성장을 위해 부모가 실천해야 할 것이 무엇인지를 바로 알 수 있다.

내 아이가 자라면서 인정의 욕구가 충족되지 못했다면, 그로 인한 심리적 문제가 야기될 가능성 또한 무시할 수 없는 지점이다. 물론 친구로부터, 주변 지인으로부터, 선생님으로부터 인정의 욕구는 어느 정도 충족될 수 있다. 하지만 그들이 해주는 인정의 지속이 언제까지일까? 예를 들어, 현장에서 선생님들이 아이들 한 명 한 명을 무척 신경 쓰며 인정해주지만 내 아이에게 돌아오는 그 순서가 어느 정도는 예상이 된다. 또는 주변 친구들이 내 아이에게 인정의 이야기를 해 줄 수도 있다. 더할 나위 없이 고마운 상황이다. 그러나 이 또한 확실성과 지속성을 예측하기에는 조금 무리가 있다.

그렇다면 자녀의 인정욕구를 충족해 주는 역할을 누가 해야 하는가? 이 글을 읽고 있는 분들도 모두 짐작하리라 생각한다. 가족이 아닌 주변에서 충족해 주길 기대하는 것은 욕심일 수 있다. 그 역할은 바로 엄마와 아빠, 즉 가족이 직접 감당해야 하는 몫이다. 사실 그것이 가장 합리적이나 문제는 실천이다.

말이 너무나 느린 아이가 있었다. 주위에서 보기에는 다섯 살이 넘어가니 뭔가 문제가 있는 것이 아닌가 싶을 정도였다. 다행히 조금씩 말문이 트였으나 발음 등은 계속 어눌했다. 주변에서는 언어치료나 교정이 필요한 상태라고 생각해 아이의 부모에게 조심스레 이야기했다.

"아이가 언어치료를 받으면 좋을 것 같아요."

그 부모는 이렇게 대답했다.

"아, 저희도 애가 말이 느린 것을 알고 있어요. 그런데 아이가 아주 조금씩 좋아지고 있어요. 그래서 기다려주고 믿어주는 중이에요."

사실 이 대답을 듣고 나를 포함한 주변 사람들이 알았다고는 했지만 모두 걱정이 컸다. 그런데 이 부모의 믿음과 인정은 정말 많은 변화를 가져왔다. 지금 초등학생이 된 아이는 정말 말이 많은 아이가 되었다. 자기가 좋아하는 것이 있으면 누구에게라도 설명하기 위해 계속 말을 한다. 불과 몇

년 전 나를 포함해 걱정했던 사람들이 놀랄 정도로 말이다. 언어치료사로 활동하는 친구가 있어 문의한 적이 있다. 보통은 만 네 살이 되어서도 말이 늦으면 치료가 필요하다는 이야기를 들었다. 그러나 이 아이는 훨씬 더 늦음에도 불구하고 엄청난 발전을 보인 것이다.

부모가 보여준 믿음의 힘이 아이의 변화를 가져왔다. 더불어 아이를 있는 그대로 인정하며 기다려준 부모의 노력이 더해졌다. 나를 포함한 보통의 부모라면 그렇게 못 했을 것 같다. 애가 타고 초조해서 전전긍긍하며 상담과 치료를 거듭했을 것이다. 물론 그 방법도 도움이 되었겠지만, 부모의 인정과 믿음으로 성장하는 모습을 보여준 점에 주목해야 한다.

인정의 힘은 이렇듯 놀라운 변화를 불러온다. 그뿐만 아니라 아이가 부모로부터 인정과 지지를 받고 성장한다면 마음의 깊이는 더욱 충만하고 풍성해질 수 있다. 그것이 부모가 줄 수 있는 최고의 축복이자 선물이 아닐까 싶다.

각자 자신의 아이를 떠올려 보자. 솔직히 내 아이더라도 100% 맘에 들고 모든 면이 다 흡족하지 않을 수 있다. 물론 눈에 넣어도 아프지 않을 만큼 사랑스러운 것은 확실하다.

하지만 어떤 면에서는 그렇지 않을 수도 있다. 그럴 때는 아이의 개성과 성향을 인정하기 위해 노력해야 한다. 사실 쉽지만은 않다. 부모도 감정을 느끼는 사람이기에 가끔은 '어쩜 저럴 수 있지? 내 아이이지만 저런 면은 진짜 너무 싫다…' 등의 감정이 일어날 수 있다.

'너희를 있는 그대로 인정하기가 쉽지 않구나!'

모든 부모의 공통된 마음일 것이다. 하지만 우리는 100% 완벽하게는 아니더라도 이 일을 해내야 한다. 어느 정도 고지에 도달할 때까지 노력하는 자세를 하루하루 키워나가야 한다. 나 또한 매일매일 그 일의 연속이 되고 있다. 지금 이 순간에도 노력은 현재 진행 중이다.

화는
수많은 감정 중에
하나일 뿐이다

누구나 '화'를 좋지 않은 감정이라고 여긴다. 화가 났던 경험이 긍정적인 감정으로 남지 않기 때문이다. 화는 여러 상황에서 나도 모르게 분출되고, 분출방법은 제각기 다른 양상으로 나타난다. 예를 들어, 아이가 밥을 먹지 않고 돌아다니고 있는 모습이 엄마는 정말 보기 싫다. '어떻게 저럴 수 있는 거지?' 하며 아이에게 일단 소리부터 지른다.

"너 빨리 자리에 앉아! 앉아서 밥부터 먹으란 말이야! 왜 이렇기 돌아다니니? 정말 엄마 너무 힘들다."

잔소리와 함께 아이를 나무라지만 아이는 들은 척도 하지 않는다. 평소 자주 듣는 엄마의 잔소리이기 때문이다. 이때 엄마는 말을 해도 듣지 않기에 더 화가 나고 급기야는 주변에 있는 회초리나 손을 이용해 때리는 행동으로 마무리될 때가 많다. 전쟁 같은 식사 시간이 어찌어찌 끝난 후 엄마는 너무 힘들다며 한숨을 쉰다. '다른 집 아이는 말도 잘 듣는 것 같은데, 다른 집 엄마들은 친절하게 잘 하는 것 같은데 왜 나만? 우리 아이만 이렇단 말인가' 하며 자책감이 들기 시작한다.

이와 같은 경우는 치밀어 오르는 화를 참지 못하는 경우다. 그렇다고 화를 내는 엄마가 무조건 잘못했다고 할 수도 없다. 화를 내는 양상은 크게 두 가지로 억누르거나 폭발하는 것이다. 대부분 밖에서는 화를 억누르는 경우가 많지만, 집에서는 자신도 모르게 폭발하는 경우가 많다.

그렇다면 화를 내는 것 자체가 잘못된 것인가? 그렇지 않다. 사실 화도 우리가 느끼고 있는 수많은 감정 중 하나일 뿐이다. 사람이 화를 느끼는 자체가 '옳다, 잘못되었다'라고 말할 수 있는 것이 아니다. 이때 부모에게 필요한 한 가지 지혜가 있다. 화를 다루고 표현하는 방법의 선택은 각기 다르며, 그 선택에 대한 책임이 반드시 있다는 것이다.

항상 화가 가득한 분노의 가정에서 자란 아이가 있다. 이 아이는 심리적 안정의 욕구가 결핍될 가능성이 크다. 애정과 안정의 욕구결핍은 청소년기나 성인이 되었을 때 이상행동으로 나타날 수 있다. 지나치게 신경질적이고 예민한 성격으로 성장하는 것이다. 학교에서 친구들과의 관계가 원만하지 않고, 사회생활에서도 어려움을 겪을 수 있다. 그렇기에 어린 시절 자녀에게 행해지는 부모의 분노 형태는 정말 중요하다.

식당에서 아이가 밥을 먹지 않고 돌아다니며 다른 테이블에서 식사하는 사람들을 방해한다. 그런데 그 아이의 엄마는 아무런 제재를 하지 않고 그냥 아이를 사랑스럽게 쳐다보고만 있다. 이때 참다못한 다른 테이블 사람이 그 엄마에게 주의를 준다.

"아이가 너무 시끄럽게 다니고 위험한 것 같아요."

그 엄마는 오히려 버럭 화를 내며 말한다.

"아이가 다 그렇죠. 뭐 그런 걸 가지고 그러세요?"

다른 사람들은 엄마의 대답에 기가 차서 더 이상 말을 걸지 않는다. 그 엄마의 마음은 이렇다.

'아이가 그럴 수 있지. 내 소중한 아이가 좀 왔다 갔다 하는 것이 무슨 문제인가. 상대방이 더 이상한 사람이네. 이해심도 없고 말이야.'

이런 양육방식의 태도를 가진 부모 아래서 자란 아이는 어떻게 성장할까? 그 아이는 가정에서 자신이 원하는 것을 어려움 없이 충족하게 될 가능성이 크다. 친구 장난감을 자신의 것처럼 여겨도 아무 문제가 없다. 원하는 것은 마음대로 하고, 좀 귀찮거나 하기 싫은 일에 대해서는 누가 이야기하는 것을 견디기 힘들어 한다. 친구들과의 관계에서도 항상 자기 위주의 사고방식을 취하는 행동을 하여 같이 놀기 싫어하게 될 수도 있다. 사회생활에서 겪게 되는 일들을 전혀 납득하지 못하고 적응하지 않으려 할 것이며, 오히려 사회와 세상이 이상하다고 여길 것이다.

어떤 방식으로 자녀를 양육하는 것이 좋은지는 부모에게 늘 어려운 숙제다. 화를 너무 참거나 애정 과잉으로 키우는 것도 문제다. 반대로 강압적 분위기로 억눌리는 환경에 처하게 하는 것도 아이에게는 상처다. 그 중간 타협점을 찾는다는 것도 쉽지 않다.

정말 심성이 친절하고 착한 엄마가 있었다. 이 엄마는 자신의 아이도 그래야 한다는 자신만의 내면 규칙을 가지고 있었다. 예를 들어, 딸과 친구들이 함께 놀 때 자신의 딸은 항상 양보하기만을 원한다. 하지만 다섯 살 아이의 마음은 그렇지 않을 수 있다. 가끔 아파트 마당에서 여럿이 놀고 있는 중에 딸의 손을 잡고 "미안해요. 먼저 들어갈게요"라고 할 때가 있다. 함께 있던 다른 아이들과 엄마들은 당황스럽다. 그런 상황은 그 아이가 자신의 장난감을 다른 아이에게 양보하지 않아 살짝 아이들끼리 말다툼이나 소란이 생긴 경우다. 자신의 장난감을 친구에게 빌려주지 않을 수도 있는 것 아닌가. 들어가서의 상황이 대략 예상된다. 그 아이의 마음은 어떨지 한편으로는 걱정되고 마음이 아프다. 아이의 시선과 마음에서 엄마는 전혀 아이의 마음을 읽지 못한다. 엄마가 친절하고 착해야 한다는 강박감을 자신의 자녀에게도 꼭 그래야만 한다고 강요한다. 이는 전형적인 화의 형태로 자녀에게 다가간 것이다.

몇 년이 지난 이후 그 엄마는 자신이 했던 행동에 대해 많이 후회했다. 어린 시절 너무 자주 화를 냈던 모습, 그것도 아이 마음의 인정이 아닌 엄마만의 강요로 인한 분노의 표현을 생각하면 너무 속상하단다. 그 때문에 사춘기 시절 아이와 갈등을 많이 겪고 있는 것 같다고 울며 이야기했다. 화가 나쁜 것은 아니다. 그런데 그 방법의 선택에 대한 책임은 반드시 나타나게 되어 있다. 뒤늦은 후회였지만 지금은 사춘기 딸의 마음을 읽어주고 인정하며 조금씩 풀어나가는 선택을 잘 하고 있다.

사람이 본능적으로 느끼고 전달받는 화의 감정이 없을 수는 없다. 이를 어떻게 표현하고 처리하는 게 좋을지 그 방법을 선택하는 것이다. 특히 어린 자녀에게 보여지는 부모의 화에는 더욱 주의를 기울일 필요가 있다. '화는 나쁘다'라는 것은 편견이다. 화도 인간의 자연스러운 감정이다. 그 감정을 자신이 어떻게 다뤄나가야 하는지를 생각하는 것이 필요하다.

상황이 아니라
반응을
통제하기

자녀와의 관계에서 스트레스와 분노는 늘 주위를 맴돈다. 피하거나 멀어지고 싶어도 생각보다 쉽지 않음을 경험할 수 있다. 독일의 정신의학자 만프레드 슈피처는 "스트레스의 원인은 바로 통제력 상실이다"라고 이야기했다. 일상에서 벌어지는 사건이나 사고에 대해 내가 상황을 통제할 수 없다는 이야기다. 똑같은 상황에서 이를 통제할 힘이 있는지 없는지가 자녀와의 관계성에서 매우 중요하다. 상황에 대한 통제가 가능하면 스트레스 강도는 현저히 감소한다. 하지만 부모 개인의 노력으로 어찌할 수 없는 상황들도 많이 발생한다.

심리학에서 '통제감의 효과'라고 이야기하는 것이 있다. 같은 일을 하면서도 스트레스를 받는 정도는 사람마다 다르다. 그 일을 스스로 통제할 수 있을 때 사람들은 스트레스를 덜 받는다. 자녀와의 관계를 생각해보면, 자녀 양육이라는 자체를 어떤 부모는 즐겁고 행복하며 당연하게 생각한다. 하지만 어떤 부모는 '왜 내가 이래야 해? 아이가 아니면 지금 사회에서 잘나가고 있을 텐데. 언제까지 희생해야 하는지…' 하는 생각에 잠기곤 한다. 이런 마음가짐의 태도가 통제감을 달라지게 하는 것이다. 후자의 경우 자녀와의 갈등 상황을 스스로 통제하기 어려워진다. 화를 직접 표현하면 관계는 극에 달하고 갈등의 골이 깊어지게 된다. 같은 상황을 바라보는 전자의 부모는 스스로 마음을 통제한다.

우리 앞에 펼쳐지는 환경 자체를 바꾸는 것은 어렵다. 혹시 아이가 어떤 사고로 장애를 입게 되었다고 가정해보자. 정말 가슴이 아프고 받아들이기 힘든 일이지만 벌어진 그 일 자체, 그렇게 된 환경을 바꿀 수는 없다. 그러나 자신의 노력으로 통제할 수 있는 것이 한 가지 있다. 바로 그 상황에 대한 반응이다. 자녀의 사고가 가슴 아프지만 받아들여야 한다. 물론 시간이 걸리고 힘든 일이나 참고 견디다 보면 마음가짐과 스트레스의 강도는 현저하게 줄어드는 기적을 경험할 수 있을 것이다.

강의를 할 때 간혹 나는 이런 질문을 한다.

"여기 계신 분 중에 자신의 자녀가 머리부터 발끝까지 외모며, 성격이며 100% 맘에 드는 분이 계신가요?"

질문을 하고 나면 먼저 작은 웃음과 웅성거림이 시작된다. 지금까지 수많은 부모님을 만났으나 손을 든 분은 딱 한 명이었다. 물론 자녀 연령에 따라 다른 결과가 나올 수 있다. 질문 자체가 긍정적이지 않지만, 때로는 내 분신처럼 생각되는 사랑스러운 자녀일지라도 사람의 마음으로 볼 때 이런 결과는 가능하다.

100% 맘에 들지 않더라도 우리는 이를 인정하고 받아들이며 함께 해 나간다. 다시 말해 부모는 각자의 현실을 인정하고 받아들이며 통제하고 있는 것이다. 이 통제감에 적응하는 속도의 차이가 있을 뿐이다. 그래서 통제감에 잘 적응

하려는 연습이 부모에게 필요하다.

"옆집의 지민 엄마는 정말 친절한 것 같아요. 저와는 너무 달라요. 등원 시간이 다가오는데 고집부리는 아이와 저는 자주 싸우고 아이 고집을 꺾을 수가 없어요. 진짜 욱하고 올라올 때마다 제 마음을 어떻게 해야 할지 모르겠어요."

이와 비슷한 고충을 토로하는 부모님들이 많다. 유치원과 초등학교 저학년 시기의 엄마들은 자녀들의 생활 습관과 관련된 고민이 대다수다. 특히 시간과 관련된 부분이다. 사실 여기서 중요한 부분은 앞서 이야기한 통제감의 효과에서 '시간'이 가진 모호성이다. 시간을 따로 분리해서 생각하면 인내심을 가지고 잘 이겨낼 일이다. 하지만 대부분 시간적 촉박함과 압박감으로 인해 아이의 행동에 대한 분노가 올라온다.

등원 시간, 등교 시간, 학원 시간에 늦지 않도록 하는 것도 부모들의 일이다. 아이들은 이와 관계없이 행동할 때가 많다. 당연한 일이다. 아이들이 가진 집중력과 준비도는 어른과는 다르기 때문이다. 그래서 통제감에 시간이 포함된다면 모든 걸 우리의 힘으로 통제하기 어려워지는 것이 사실이다. 반면 시간의 압박이 없다면 상황은 많이 달라질 수 있다. 훨씬 더 자상하고 지혜로운 대화가 가능한 부모가 되는 길에 가까워진다.

그렇기에 시간이라는 제약 상황이 때로는 야속하게 느껴진다. 어떤 압박의 기본이 되는 시간적 어려움을 부모와 자녀 관계에서 잘 헤쳐나가야 한다. 이 실마리를 풀 수 있는 열쇠를 찾아가는 것이 부모가 해야 할 숙제이다. "변명 중에서 가장 어리석고 못난 변명은 '시간이 없어서'다"라고 말한 토머스 에디슨의 말을 잘 되새겨 보자.

자존감은 부모가 줄 수 있는 가장 큰 선물

자녀를 양육하며 주변으로부터 가장 많이 듣는 이야기가 하나 있다.

"아이의 자존감을 세워주는 것이 정말 중요해. 그 자존감은 바로 가정에서 부모가 해 줄 수 있는 가장 큰 선물 중 하나야."

그런데 나를 포함한 부모들이 무심코 하는 이야기로 자녀의 자존감을 떨어뜨리고 있다는 사실을 모를 때가 많다. 그렇기에 우리는 이 자존감을 중요하게 생각하고 다시 한번 살펴봐야 한다.

자존감의 기본적 정의는 한마디로 자신을 존중하고 사랑하는 마음이다. 자존감이 얼마나 중요한지는 서점에서 '자존감'을 키워드로 검색해 보면 바로 확인할 수 있다. 물론 다른 책들도 비슷한 주제가 많이 있지만, 특히 자존감을 주제로 한 책은 정말 많다. '아이의 자존감이 아빠, 엄마와 분명 연결된다', '말 한마디로서 자존감을 결정지을 수 있다', '그것이 아이를 성공으로 이끌 수 있다' 등등의 문구를 많이 발견할 수 있다. 그만큼 자존감이 중요하다는 증거이다.

우리가 많이 들어보았던 단어 세 가지를 이야기해보려고 한다. '자존감, 자신감, 자존심'이 그것이다. 이 세 단어는 굉장히 익숙하다.

먼저 '자존감'은 자아존중감의 줄임말로, 있는 그대로의 내 모습을 존중해주는 것이다. 자신을 있는 그대로 인정하는 것이 쉬운 일은 아니다. 하지만 이 자존감이 잘 정립되어 성장한다면 그 사람은 어떤 시련이 있더라도 극복하는 힘이 강하다. '자신감'은 자기를 신뢰한다는 의미다. 스스로 뭔가를 할 수 있다는 능력에 대한 믿음을 이야기하는 것이다. 마지막으로 '자존심'은 자신을 존중하는 것이 아니라 타자 존중감으로 타인에게 존중받고자 하는 마음이다. "아, 진짜 자존심 상해"라는 표현을 한 번씩은 해 보았을 것이다. 이는 자신이 중심이 아니라 바로 타인이 중심인 것이다.

여기서 이야기하고 싶은 것이 있다. 자존감이 높은 사람은 자신감이 조금 낮거나 자존심이 세도 괜찮다. 자기 자신을 존중하고 사랑하는 마음이 있기 때문이다. 그 힘을 가지고 스스로 믿어주게 되고 타인보다 자신을 더 사랑할 수 있게 된다. 문제는 자존감이 낮은 경우다. 자존감이 낮은 사람은 당연히 자신감도 떨어질 수밖에 없고, 자존감이 낮으면 자존심에도 분명 영향을 끼친다. 스스로 사랑하는 마음이 부족하기 때문에 오히려 타인을 믿고 의지하게 되는 경우가 많다. 그러다 보면 자존심만 높아질 수 있다. 다시 말하면 자신감과 자존심의 높고 낮음이 중요한 것이 아니라 먼저 그 사람의 자존감이 바르게 정립되어야 한다는 것이다. 그것이 제일 중요한 핵심이다. 따라서 우리는 부모로서 내 자녀의 자존감을 바로 세워줄 수 있는 역할을 해야 한다.

내 아들의 경우 나와 부딪히는 부분이 많았기 때문에 주변으로부터 많이 들었던 조언 중 하나가 바로 이것이었다.

"아이에게 그런 식으로 말하면 아이의 자존감이 올라갈 수 없어요."

지금 생각해도 마음이 너무 아프다. 그래도 다행히 타고난 에너지를 가지고 있기에 밝고 긍정적으로 성장하고 있다. 이점은 다시 생각해도 내가 감사해야 하는 부분이다.

모든 아이는 저마다 다르다. 우리 집만 해도 아들과 딸이 너무나 다르다. 작은아이는 나의 말 때문에 많은 상처를 받았다고 이야기하기 때문이다. 중요한 것은 부모는 아이의 자존감을 높여줘야 하는 의무감을 어느 정도 가지고 있어야 한다. 자존감은 한 사람의 모든 것을 결정할 수 있을 정도의 무게감을 가지고 있음을 감히 말하고 싶다. 성장의 원동력인 자존감의 무게를 부모라면 크게 받아들여야 한다.

자존감의 중요성을 잘 알고 있음에도 불구하고 생활 속에서 실천되지 않음에 좌절할 때가 많았다. 순간순간 감정의 알아차림과 인식 그리고 나에게 온 자극을 잘 정리하고 감정을 조절하는 이런 일련의 일들이 정말 어려웠다. 엄마 입장에서는 다른 어떤 신경 쓸 일이 없어야 그나마 유리할 듯하다. 개인적으로 처리해야 할 일들, 예를 들어 보내야 하는 계획서, 강의안 준비 등등의 부담감이 크게 작용해 자녀에게 친절히 다가가지 못하게 된 걸림돌이나 큰 가림막이 되었다.

그래서 가끔은 이렇게 일하는 내가 싫다. 다른 것 하나도 신경 쓰지 않고 아이들에게만 온전히 집중했으면 좋았을 것 같다는 아쉬움이 지금도 든다. 10대 중·후반으로 성장한 아이들을 보면 한없이 부끄러워지고 작아지는 것이 엄마의 마음이라는 것도 마음이 아프다. 그나마 다행인 것은 아직 시간이 있다는 것이다. 40대인 나도 아직 부모님 말씀에 마음이 아플 때도 있고, 때론 위로를 받을 때가 있다는 것을 경험했다. 그건 아이들에게 따뜻한 위로를 해 줄 수 있는 시간이 남았다는 좋은 소식이다. 이 사실을 깨달았으니 이제 머리가 아닌 가슴으로 실천하는 노력을 열심히 해보려 한다.

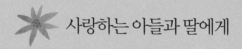 사랑하는 아들과 딸에게

조금씩 변화하는 엄마를 보며 너희들이 느껴줬으면 좋겠구나. 이 엄마도 노력하고 있다는 것을, 머리로만 아니라 행동으로 실천하려고 애쓰는 것을 말이야.

항상 긍정적인 기본 생각을 마음속에 두려고 해. 벌써 너희에 대한 고정관념이 엄마의 머릿속에 있다는 것도 너무 속상하구나. 이 생각은 떨쳐버리고 아기 때 이쁘게 웃던 너희들의 모습을 떠올리려고 해. 그 모습을 보며 웃음 짓는 엄마의 이 마음가짐을 끝까지 유지하고 간직하려는 것이 내 목표란다.

물론 너희도 예상하듯이 한 번씩 흐트러질 것이 분명해. 그때 너무 노여워하지 말고 조금만 엄마의 마음에도 공감해 주면 좋겠다. 이 엄마는 그 힘이 아주 큰 마음의 위안이 될 것 같구나.

너희의 자존감을 세워주는 말과 행동을 하는 엄마가 되도록 할게. 너희들을 내 기준으로 줄 세워 생각하지 않고 각자의 그 멋진 개성을 그대로 인정할게. 부정적인 단어로 너희의 마음을 아프지 않게 하도록 노력할게.

너희의 행동을 그대로 관찰하고 객관적으로 그 일에 대해서만 이
야기하는 엄마가 될게.
어렵고 힘든 일이 있다면 든든한 지원군이 되도록 노력할게.
그리고 지금도 잘 표현하지 못하는 가장 기본적이고 중요한 말,
"사랑한다"라는 이야기를 잘 할 수 있도록 노력할게.

사랑하는 아들, 딸! 엄마는 너희의 무한한 에너지를 믿는다. 조금
있으면 성인이 되는 너희에게 부끄럽지 않은, 열심히 살아가는 그
런 엄마가 되도록 할게.
훗날 너희들이 나를 기억할 때 우리를 사랑해주었던, 믿어주었던
엄마라고 말할 수 있도록 말이야.

2부

두 딸 사이에서
건강한
관계 만들기

이용재

아이의 1년은
인생 전체다

"언제 시집갈 거야?"

"너무 늦은 거 아니야?"

"여자는 시집가서 애나 잘 키우면 되지 뭐."

서른 살이 가까이 되도록 결혼을 하지 않는 나에게 주변에서는 이렇게 이야기했다. 결혼을 늦게 하니 빨리 아이를 낳아야 한다며, 여자의 인생은 결혼과 출산이 전부인 것처럼 말했다.

나는 서른 살에 결혼했다. 첫째 딸의 출산과 함께 나의 경력은 자연스럽게 단절되었고, 둘째 딸이 네 살쯤 될 무렵부터 다시 일을 시작했다. 일과 육아를 병행한다는 것은 쉽지 않았다. 아이들이 청소년이 되었지만 엄마들에게 양육은 아이의 나이와 상관없이 늘 힘든 일이다.

내 꿈은 중등교사였다. 첫째 아이가 돌이 되기 전까지 공부를 계속했다. 지금 생각해보면 공부할 시간이 충분하지 않았지만 미련 때문이었던 것 같다. 임용고시 학원 강사에게 아이 셋을 키우며 합격한 선배 엄마의 이야기를 들으면서 나도 할 수 있다는 막연한 생각이 있었다.

그러나 아이를 낳고 키우기 위해서 엄마가 해야 할 일은 많았다. 모든 것이 처음이라 낯설고 힘들었다. 엄마는 그냥 되는 것이 아니었다.

첫째 딸은 순했지만 처음 하는 육아였기에 힘든 일이 많았다.

"어머~ 너는 애 키우기가 수월한가 보다. 얼굴이 점점 좋아지네."

"애가 순하니까 이렇게 공부도 하지. 애가 순하지 않으면 공부할 정신이나 있겠어?"

아이가 순해도 육아와 공부를 병행하는 것이 쉬운 일은 아니었다. 아이도 보살피고 해야 하는 공부도 많았기에 일상이 늘 바빴고, 매일 마음이 쫓기는 듯했다.

어느 날 아이에게 『우리 엄마』라는 책을 읽어주다가 갑자기 눈물이 쏟아졌다. 우리 엄마는 우주 비행사나 발레리나가 될 수 있었는데 우리 엄마가 되었고, 엄마가 너무 따뜻해서 좋다는 내용이었다. 그 책을 읽으면서 그동안 힘들었던 마음이 한꺼번에 밀려왔다. 힘들면 포기하라는 사람도 있었고, 네가 선택했으니 힘든 건 감수해야 하지 않겠냐고 하는 사람도 있었다.

"예전에는 애 서넛 키우면서 밭일도 했는데…."

이런 말을 하는 사람들도 있었다. 『82년생 김지영』의 주인공과 달리 힘들다고 하소연하는 내 이야기를 들어주는 사람이 없었다. 그래서 나는 혼자 상담을 받으러 갔다. 상담 선생님은 우울증 초기 증상이 보이기는 하지만 아직 심각한 정도는 아니라고 했다. 공부와 육아를 함께하려면 아이를 어린이집에 보내는 것도 방법이라고 했다. 상담 선생님의 다른 말은 잘 기억나지 않는다. 기억나는 건 상담소에서 재미있게 장난감을 가지고 놀던 첫째 딸을 보며 선생님이 한 말이다.

"당신의 1년이 1/30이라면 지금 이 아이의 1년은 인생 전체입니다."

그날 나는 공부하던 것을 잠시 접고 아이의 1을 선택하기로 했다.

아이하고 보내는 시간과 사랑이 비례하는 건 아니다. 아이를 대하는 엄마의 마음이 중요하다. 아이들은 엄마의 눈빛과 태도로 세상을 배우고, 엄마가 아이를 대하는 태도가 냄새처럼 아이에게 밴다고 한다. 임용시험에 대한 미련이 아이를 볼 때 조급함으로 나타났다. 우는 아이를 안아주고 달래주는 순간에 아이의 불편함을 살피기보다는 빨리 낮잠을 잤으면 좋겠다는 마음이 더 강했다. 내 눈빛과 태도에서 아이는 조급함을 봤을지도 모른다.

36개월까지는 엄마와 아이의 애착 관계가 매우 중요하기에 시험보다는 아이를 선택한 것은 아이와 함께 있는 시간에 오롯이 아이에게 집중하는 것이 어려웠기 때문이다. 지금의 나라면 다른 선택을 했을지도 모른다. 그러나 그때의 나는 '1'을 선택했고, 그렇게 엄마가 되었다.

엄마인
내가 먼저
색안경 벗기

#1

첫째 딸은 또래 아이들보다 얼굴이 야무져 보이기도 하고 뭐든지 초반에 집중력과 습득력이 좋다. 게다가 학교생활을 잘하는 아이다. 시키지 않아도 미리 가방을 챙겨놓고 숙제도 스스로 꼼꼼히 챙겼다. 초등학교 1학년 입학부터 선생님께 믿음직하다는 이야기를 들었다. 그래서인지 첫째 딸은 늘 잘할 거라고 믿는 마음이 강했다.

하지만 주변의 칭찬과 인정을 받는 모습들이 오히려 첫째 딸을 또래보다 높게 평가하는 잣대가 되기도 했다. 그만큼 기대가 컸기 때문인지 딸의 실수는 또래에게 당연한 일인데도 나에게는 덜렁거리는 아이로 보였다. 나의 기대가 딸을 덜렁거리는 아이로 바라보는 색안경을 갖게 한 것이다.

#2

아이들을 키우면서 염려했던 것 중 하나는 '욕심은 많은데 능력이 따라오지 못하면 어쩌지?' 하는 거였다. 기억에 남는 제자 중에 늘 1등을 하고 싶어 하며, 친구들 사이에서 인정받기를 원하는 아이가 있었다. 충분히 잘하고 있는데도 자신에게 만족하지 못했고, 그 때문에 친구들과 갈등이 깊어지는 일도 있었다. 이런 나의 경험이 아이를 바라보는 또 다른 색안경을 만들었다.

첫째 딸이 문화센터에 다니기 시작하면서 친구들과 자신을 비교하기 시작했다. 잘하고 싶은 마음에 새벽에 일어나서 훌라후프를 연습하기도 했다. 그래서 나는 첫째 딸에게 "열심히 하고 와~"라는 말 대신 "재미있게 하고 와~"를, "오늘은 뭐 배웠어?"라는 말 대신 "재미있었어?"라고 물어

보았다.

일곱 살 딸의 그런 모습에 제자의 모습이 오버랩되어 조금은 내려놨으면 하는 바람이 생겼다. 나는 딸이 욕심만 많은 아이라고 생각했던 것 같다. 그건 욕심이 아니라 잘하고 싶어서 노력하는 모습인데, 욕심이 많은 아이로만 바라본 것이다. 아이의 장점을 나는 늘 불안하게 느꼈고 걱정스러움이 앞섰다.

그런 걱정과 염려는 나만의 기우였다. 딸은 초등학교 입학 후 재미있고 신나게 학교생활을 했고, 친구들과도 즐겁게 잘 지냈다. 잘하는 것도 많고, 하고 싶은 것도 많은 아이였다. 욕심이 많은 것이 아니라 적극적이고 활달한 아이였던 것이다. 아이들의 행동을 엄마가 색안경을 끼고 바라보면 제대로 보지 못한다.

엄마의 색안경은 우리 아이의 모습을 바꾸기도 한다. 엘리베이터에서 만난 어른에게 아이가 인사하지 않으면 엄마들은 이렇게 이야기한다.

"우리 아이가 부끄러움이 많아서요."

아이는 다른 이유로 인사하지 않았을 수 있는데 순간 부끄러움이 많은 아이가 되어 버린다. 이때는 엄마가 먼저 반갑게 인사를 건네고 아이한테도 인사하도록 권하면 된다. 인사를 받아주는 어른도 그냥 "안녕!" 하고 인사하면 된다. 그러면 아이도 어느 순간부터 인사를 조심히 건넬 수 있다.

"엄마가 자꾸 우리에 대해서 다른 사람한테 이야기하면 우리가 그렇게 하려고 노력해야 할 것 같지?"

"응, 그러니까 말이야. 엄마는 왜 자꾸 우리 이야기를 하고 다니는 거야."

중고등학생이 된 두 딸이 이런 대화를 하면서 나한테 항의하기도 했다.

"엄마가 자꾸 우리가 적극적이라고 하니까 모든 일에서 적극적이어야 할 것 같잖아."

적극적이라는 말이 부정적이지 않은 말임에도 불구하고 아이들은 나에게 이런 말을 하는 것에 대해서 불평하기도 한다. 엄마인 내가 생각하지 못하고 있는 나의 시선과 말을 아이들은 모두 보고 듣고 있는 것이다.

#3

두 딸을 키우면서 걱정되는 것 중의 하나는 내가 아이들을 바라볼 때 '여자라서'라는 색안경을 끼고 바라보지 않을까 하는 고민이다.

둘째 딸이 축구 동아리에 왜 여자들은 못 들어가냐며 화를 낸 적이 있다. 정말 축구 동아리에 들어가고 싶으면 선생님께 문의해보라고 이야기했다. "다른 것도 하고 싶은 것이 있으니 됐어"라고 하는 딸의 말에 나는 한편으로 다행이라고 생각했다. 축구는 몸싸움이 많은 운동이라 남자아이들과 축구를 하면 좀 불리하지 않겠느냐고 마무리를 했다.

이와 비슷한 일들이 일어날 때 나 스스로가 '여자라서'라는 생각을 머릿속에 하고 있는 것이다. 딸들을 밝고 당당하게 키우겠다는 생각이 색안경으로 가려지지 않았으면 하는 바람이다.

아이의
숨은 장점을 찾는 것도
부모의 몫

아이들이 어려서는 딸이 둘이라고 하면 아들보다 번잡스럽지 않으니 손이 덜 가서 좋을 것 같다는 이야기를 많이 들었다. 지금은 딸들과 쇼핑하러 다닐 수 있는 것을 부러워하기도 한다. 그러나 딸을 키우든, 아들을 키우든 육아는 다 똑같다고 생각한다. 딸만 둘을 키운다고 해서 편할 거라는 생각은 편견이며, 딸이라고 차분하게 논다는 건 큰 오해이다. 딸과 아들이 아니라 아이의 성향 차이다.

대학 시절 교육심리학 과목을 들을 때 교수님께서는 이론을 설명하며 늘 말씀하셨다.

"이 학자의 이론 역시 매우 훌륭한 이론이에요. 하지만 다 맞지는 않겠죠? 인간은 뭐가 있다?"

"개인차요."

오랜 세월이 지났으나 아직도 이 부분은 정확하게 기억하고 있다. 사람마다 다 개인차가 있다. 아기들의 발달 중 걷기는 12개월에 가능하다고 하지만 더 일찍 걷는 아이도 있고, 늦게 걷는 아이도 있다.

두 딸 모두 외향적인 성향을 가지고 있는데, 특히 둘째 딸의 외향성은 어려서부터 강하게 나타났다. 엄마들이라면 누구나 알고 있는 사실이 있다. 유아기 아이들이 방 안에서 조용하면 경우의 수는 두 가지라는 것을 말이다. 아이들이 방 안에서 놀다가 잠이 들었거나, 아니면 뭔가 사고를 크게 치고 있는 것이다. 육아 이야기를 담은 TV 프로그램에서도 흔하게 볼 수 있는 장면이다.

둘째 딸이 세 살쯤 되었을 때였다. 첫째 딸은 유치원에 가고, 둘째 딸은 집안에서 혼자 놀고 있었는데 갑자기 조용해졌다. 평소라면 종알거려야 하는데 아무 말도 안 하고 조용히 놀고 있는 것 같았다. 경험상 뭔가에 집중했다는 의미이다. 이상한 느낌이 들어서 아이를 부르자 건성으로 대답하는 것이 느껴졌다. 그래서 안방 문을 열고 들어가 보니 화장대로 쓰는 서랍장 위에 올라가 앉아 있었다.

"뭐 하고 있어?"

"아~."

"거기 올라가면 위험해. 어떻게 올라갔어?"

"내가 엄마 얼굴 잘 보이라고 거울을 닦아주고 있었어!"

조금 놀란 기색이 있었지만 태연하게 대답하는 아이의 모습에 웃음이 났다. 아이는 거울을 닦고 있었다고 했으나 화장대의 모습은 정말 눈을 뜨고 봐주기 어려울 정도였다. 우선 어지러워진 화장대는 뒤로하고 이곳에 올라가는 것은 위험한 행동이니 다음부터는 그러지 말라고 따끔하게 이야기했다. 도대체 5단 서랍장 높이의 화장대를 어떻게 올라간 것인지 의문이었다.

며칠 뒤 둘째 딸은 안방에서 기쁨에 넘친 목소리로 나를 불렀다.

"엄마, 빨리 와~."

"왜?"

"빨리 와 봐. 내가 예쁜 거 발견했어."

얼른 방으로 들어갔더니 서랍 깊숙한 곳에 넣어놨던 결혼 예물이 아이 손에 들려있었다.

"엄마! 내가 정말 예쁜 거 발견했어."

"이런⋯."

그 뒤로도 둘째 딸의 안방 탐험은 계속되었고, 그때마다 물건을 정리하기에 바빴다. 중요한 물건은 점점 더 깊숙한 곳에 자리 잡게 되었다. 아이를 혼내기도 하고 타일러도 봤지만, 매번 호기심을 참을 수 없었던지 여전히 안방 서랍장과 화장대를 계속 어질러 놓았다.

어느 날은 둘째 딸의 손에 주황색 종이 뭉치가 들려있었다. "엄마, 이거" 하며 건넨 것은 5만 원짜리 10장이었다. '아니 이게 웬 횡재야' 하고 생각해보니 언젠가 은행에서 찾아놓은 현금을 정신이 없어서 까맣게 잊어버리고 있었던 것이다. 산만하고 호기심 많은 둘째 딸 덕에 이렇게 잊고 있던 돈까지 찾을 수 있었다.

둘째 딸은 한번 관심이 가거나 시작한 일은 좋은 성과를 볼 때까지 노력하는 편이다. 끝까지 파고드는 이런 아이의 성향이 어려서는 고집이 세고 산만한 것처럼 보이기도 했다. 호기심 천국인 아이들의 모습을 보며 혹시 숨은 장점을 못 찾고 있는 것은 아닌지 한 번쯤 생각해 봐야 한다. 아이의 숨겨진 장점을 찾아내는 것도 부모의 몫이다.

고집과
자기주장은
다르다

둘째 딸은 한 가지에 꽂히면 그것에만 집중하는 스타일이다. 한 번은 그림 그리는 것에 빠져서 매일 8시간씩 그림만 그린 적도 있었다. 하고 싶은 것이 있으면 만족할 때까지 한다. 자기가 생각한 것은 우선 도전해보고 실패하더라도 끝을 맺으려고 노력한다. 잘 마무리하려는 모습이 지금은 좋아 보이지만, 어려서는 고집이 센 아이라 생각했기에 힘든 점도 많았다.

아기 때는 카시트에 적응하는 데 오랜 시간이 걸렸다. 첫째 딸은 신생아부터 만 열두 살까지 안전하게 카시트를 사용했다. 첫째가 잘 적응했기에 둘째도 당연히 그럴 것이라 생각했지만 쉽지 않았다. 아이들을 데리고 공원이나 교외로 자주 나가고 싶었다. 문화센터도 편하게 데리고 갈 생각으로 오래된 차를 처분하고 작지만 새 차를 구입했다. 하지만 아이를 키우면서 계획은 계획에 불과한 일이 많았다. 특히 아이의 나이가 어릴수록 더욱 그랬다.

"엄마가 옆에 앉아 있을게. 엄마가 손 꼭 잡아줄게."

"과자 줄까? 노래 불러줄까?"

한번 외출을 하려면 두 개의 카시트가 놓인 좁은 뒷자리에 앉아서 둘째 딸을 달래주어야만 했다. 너무 울어서 위험하지만 안고 가는 날도 많았다. 엄마가 옆에 앉아 있어서 더 응석을 부리는 건가 싶어 앞자리에 앉아서 무관심한 척하기도 했었다. 어느 날 근처 공원으로 놀러가기 위해 출발했는데, 얼마 가지 않아서 둘째 딸은 또 울기 시작했다. 옆에 앉은 언니가 손을 잡아주고 과자를 주며 달래주어도 소용없었다.

"엄마, 아가 많이 울어."

"옆에서 언니가 잘 달래줘 봐. 카시트에 타고 가야 안전하니까."

　그러나 둘째 딸은 오랜 시간 울음을 그치지 않았다. 너무 서럽게 울어서 갓길에 차를 세우고 살펴보니 눈물과 콧물이 범벅이었다. 결국 우리는 그냥 집으로 돌아왔다. 주변에서는 울다 지칠 때까지 태우면 고집이 꺾인다고 하는데 그런 기미가 전혀 보이지 않았다. 기억에 네 살이 되어서야 카시트에 잘 탈 수 있게 된 것 같다.

　이런 일이 있고 난 뒤에 둘째 딸은 종종 '고집불통'이라는 말을 듣게 되었다. 딸에게는 아마 카시트가 답답하고 불편했을지도 모른다. 아니면 항상 엄마 품에 안겨 있다가 떨어져 있는 느낌이 싫었을 수도 있다. 카시트에 앉는 시간을 조금씩 늘렸으면 좀 더 빠르게 적응하지 않았을까 하는 생각이 들기도 한다. 말을 하기 시작하고 나서는 카시트를 타면 서툰 발음으로 "부푼해"라고 말했다. 하지만 안전을 위해서 불편함을 감수해야 한다고 생각했기 때문에 늘 고집을 꺾으려고만 했다. 자기주장이 강한 아이였는데 아이의 이야기에 귀 기울이지 않고 힘겨루기만 한 것이다.

　어떤 문제가 발생하면 부모는 아이의 잘못이라고 생각하

는 경우가 많다. 하지만 생각해보면 아이의 행동에는 분명 이유가 있다.

둘째 딸이 밤에 실수하는 경우가 종종 있었다. 그럴 때마다 그냥 "다음에는 그러지 말자. 다음에는 꼭 쉬하고 잠들자"라는 말만 했다. 이불빨래가 귀찮기는 했지만 어리니까 실수하는 거라고만 생각했다. 그런데 야뇨증이 심리적인 문제에서 올 수 있다는 사실을 알고 나서는 깜짝 놀랐다. 아이들에게 야뇨증이 나타나는 이유는 여러 가지가 있지만 낮에 억압된 감정이 있었거나 공감받지 못할 때에 잠을 자면서 긴장이 풀리는 경우도 있다고 한다. 아마 둘째 딸도 이런 이유이지 않았을까 싶다.

첫째 딸이 워낙 순했던 아이였기에 둘째 딸의 고집스러운 점들이 더 적응하기 힘들었을지도 모른다. 엄마인 내가 둘째 딸을 잘 몰랐기 때문에 좀 더 많은 시간과 많은 공이 필요했던 것 같다. 고집이 센 아이를 키우는 것이 힘든 건 사실이다. 하지만 고집이 아니라 자기주장이 강한 것이라고 생각한다면, 아이에게 맞춰갈 수 있는 조금의 여유로움이 생길 것이다.

호기심 대장,
둘째 딸 관찰기

'나는 어렸을 때 얌전했던 것 같은데, 과연 둘째 딸은 누구에게서 저런 기질들을 물려받았을까?'

아이들의 기질과 성격, 지능은 부모에게서 물려받는 부분이 크다고 한다. 그런데 둘째 딸은 나와는 다르게 호기심이 많고 개구쟁이였다. 그래서 둘째 딸의 모습은 새로웠다.

#1

둘째 딸이 네 살쯤이었다. 대형마트에 장을 보러 갔는데 잠깐 한눈을 파는 사이에 딸이 없어졌다. 아무리 이름을 불러도 대답이 없고 아이는 보이지 않았다. 분명 내 옆에 있었는데 순식간에 사라졌다. 눈앞이 깜깜해지면서 순간 나쁜 생각들이 스쳐 지나갔고, 등에서는 식은땀이 흘렀다. 아이의 이름을 크게 부르며 이리저리 찾아봐도 안 보였다. 당황한 내 모습을 본 한 아저씨가 지나가면서 한마디를 건넸다.

"혹시 어린 여자아이예요?"

"네! 맞아요."

"저기 행거 아래 숨어있는 애가 있던데….."

"아, 감사합니다."

아저씨가 말한 곳으로 허둥지둥 뛰어가서 보니 정말 행거 아래에 아이가 있었다.

"여기 숨어있었어?"

"엄마, 엄마 오면 놀라게 해주려고 숨어있었지!"

"엄마가 깜짝 놀랐잖아."

"엄마 오면 놀라게 해주려고 했어. 미안해."

"엄마가 정말 너무 놀랐잖아."

중학교 1학년이 된 둘째 딸은 지금까지도 가족들이 밖에서 돌아오면 숨어있다가 가족들을 놀리는 재미로 살고 있다.

#2

둘째 딸은 원래도 엄마 껌딱지였지만 어린이집에 가면서 더욱 심해졌다. 아침마다 어린이집에 가기 싫다며 엄청 떼를 부렸다. 유치원 때도 마찬가지였다. 엄마랑 떨어지기 싫다고 울어서 원장선생님께서는 따로 아이를 데리고 나가 유치원 마당도 다니고 토끼도 보여주고 하셨다. 어느 날은 울다가 원감선생님 품에서 잠이 들어 아이가 깰 때까지 소파에 계속 앉아 계신 적도 있었다.

일곱 살이 되어서도 바뀌지 않았다. 유치원에 가면 선생님들이 다섯 살 아이들에게만 관심을 가져서 가기 싫다는 것이었다. 연령혼합반이었던 유치원에서는 당연한 일이었다. 둘째 딸에게 혼합반에서 일곱 살 형님의 역할을 할 수 있다는 것은 좋은 기회라고 생각했는데 그렇지 않았던 모양이다. 형님의 역할이 부담스럽거나 힘들었을 수도 있고, 늘 관심을 받고 싶었는데 그렇지 않으니 속상했을 수도 있다. 둘째 딸은 지금도 사람들에게 관심받는 것을 좋아한다.

#3

"어머니, 제가 솔직히 말씀드릴게요. 다른 사람이 보면 아이가 애정결핍으로 볼 수 있을 것 같아요."

조심스럽게 선생님께서 말씀하셨다.

"네?"

두 아이 모두 24개월까지 정성스레 모유 수유를 했다. 둘째 딸은 첫째보다 6개월 일찍 어린이집에 보내기는 했지만, 사랑을 듬뿍 주었다고 생각했기에 그 말을 듣는 순간 표정이 굳어져서 숨길 수가 없었다. 선생님께서는 애정결핍에 대한 여러 가지 이야기를 하셨다.

"부모가 문제가 있어서 애정결핍이 나타날 때는 애들의 경우 형제자매가 같이 나타나는데, 그렇지 않은 것 같아서 제가 생각을 많이 해봤어요. 그냥 엄마에 대한 애정이 많은 것 같기도 해요."

둘째 딸이 어린이집에 가기 싫어하고 애정결핍처럼 보였던 것은 엄마를 너무 좋아했기 때문이었는데 내가 잘 몰랐다. 엄마에 대한 애정이 많은 아이들은 더 많은 사랑과 관심을 받고 싶어 한단다. 그래서 둘째 딸에게는 충분히 감사와 사랑을 표현하기 위해 노력하고 있다. 나의 사랑을 충분히 느낄 수 있도록 말이다.

얼마 전 식사 중에 첫째 딸이 불쑥 이런 말을 꺼냈다.

"엄마, 난 이제 알았어. 얘는 우리랑 사랑의 크기가 다른 거야. 다른 사람들은 100만큼 사랑을 받으면 너무 행복해하는데, 얘는 1,000만큼 받아야 행복하고 만족하는 거지. 그래서 엄마가 500만큼의 사랑을 주는데도 부족하다고 느끼는 거야."

"언니 말이 맞아. 난 1,000만큼도 부족해!"

이게 정답이다. 둘째 딸은 사랑이 많아서 그만큼 관심도 많이 받고 싶어 하는 아이였던 것이다. 지금까지도 둘째 딸은 엄마에 대한 애정이 크다. 엄마뿐만 아니라 모든 주변 사람에게 애정이 많은 아이다.

#4

초등학생이 된 둘째 딸은 산만했다. 방과 후 시간에 바이올린을 배웠는데 연습은 하지 않고 이리저리 돌아다니기만 했다. 그것도 모자라 언니와 오빠들의 팔길이를 재러 다녔다.

"바이올린이 재미없어?"

"아니."

"그럼 연습은 왜 안 하고 언니, 오빠들 팔길이를 재고 다녀?"

"그냥."

"그런 거 하지 말고 가만히 앉아 있어."

"웅…."

하지만 둘째 딸의 팔길이 재기는 계속되었다. 이런 딸의 행동이 집중력 없는 아이처럼 보였으나 남들보다 호기심이 많은 거였다. 알고 보니 친구들은 관심 없었던 다른 크기의 바이올린이 궁금해서 그런 것이었다.

둘째 딸은 관찰력도 좋았다. 그래서인지 한글도 혼자서 떼었다. 네 살 때 우유병에 적힌 '유'를 가리키며 "언니 다니는 유치원 가방에 써 있는 유네"라며 통 글자로 한글을 익혔다.

관찰력도 좋고 사물의 특징을 잘 잡아내는 아이인데 호기심까지 왕성했으니 산만하게 느껴질 수도 있었겠다는 생각이 든다. 사물의 특징을 잘 잡아내는 장점이 지금은 그림으로 표현할 수 있는 재능이 되었다.

자랑스러운
다섯 살
인생

첫째 딸은 다섯 살이 되면서 매우 즐거워하고 늘 당당하게 행동했다. 둘째 딸의 돌사진을 찍으러 가서도 다섯 살이라고 손가락을 쫙 펴며 자랑스럽게 사진을 찍었다. 아마 유치원을 처음으로 다니기 시작한 것이 크게 영향을 미친 것 같았다. 유치원은 언니와 오빠들만 다니는 줄 알았는데 자신이 유치원에 들어갔다는 사실이 매우 자랑스러웠던 것이다. 자신감이 생기면서 하고 싶은 것도 많아졌다.

첫째 딸이 킥보드를 타는 모습을 본 동네 아이가 한번 타보고 싶다는 눈빛을 보냈다. 그러자 딸이 아이에게 다가가서 물었다.

"너, 몇 살이야?"

그 아이는 정확한 발음은 아니었지만 "네 살"이라고 대답했다. 그러자 딸이 자랑스럽게 말했다.

"너도 언니처럼 다섯 살이 되어야 탈 수 있어."

고작 한 살 차이인데, 어쩌면 몇 개월 차이밖에 안 날 수도 있는데 말이다.

그리고 다섯 살이 되면서 그동안 내가 했던 행동과 말을 더 많이 따라 하기 시작했다. 어느 날 저녁에 산책에서 돌아온 나는 늘 그렇듯이 이것저것 집안일을 하느라고 매우 바빴다. 저녁을 준비하려니 10월의 날씨도 그렇게 시원한 것만은 아니었다.

"엄마는 좀 더워."

"엄마 더워? 열나는 거 아니야?" 하더니 내 자리로 와서 이마를 짚어보며 말했다.

"좀 뜨끈하네. 저기 빨대 컵에 있는 물 좀 마셔봐."

물을 마시고 난 나에게 딸은 다시 물었다.

"시원하지? 그럼 열도 좀 내릴 거야."

그러고는 다시 이마를 짚으면서 이야기했다.

"오~ 열이 내린 거 같은데. 열나면 시원한 물 좀 마시면
되는 거야. 알았지?"

평소에 딸이 덥다고 하면 내가 했던 말과 행동을 아이는
그대로 따라 하고 있었다.

어느 날은 동생에게 "빨리빨리 해야지!"라고 이야기하는
날도 있었다. 유치원 등원 준비를 하거나 밥을 먹을 때 평소
에 "빨리빨리"라는 말을 많이 했었는데, 나의 그런 모습을
보며 따라 하고 있었다. 내 모습과 말을 따라 하는 아이를 본
후 나는 아주 급하거나 다급한 상황이 아니라면 첫째 딸을
기다려주기로 했다. "빨리빨리"라는 말 대신 "서두르자"라
는 말로 의식적으로 바꿔서 쓰기 시작했다. 저녁을 하는 동
안 첫째 딸은 동생과 놀아주며 이렇게 이야기했다.

"괜찮아, 언니가 기다려줄게. 그런데 조금 서두르자."

유치원이 끝나면 친구들과 놀이터에서 놀거나 동생과 아
파트 공터에서 노는 것이 가장 중요한 일과가 되었다. 집으
로 돌아오는 길도 그냥 돌아오는 법이 없었다. 첫째 딸은 하

고 싶은 것이 참 많아 보였다. 유치원 체육 시간에 했던 일자 걷기를 다시 해보기도 하고, 울퉁불퉁 벽돌 위에 올라가기도 했다. 아파트 현관 앞 계단도 자신 있게 여러 번 올라갔다 내려갔다를 반복했다. 그전에는 이럴 때 빨리 집에 가자고 재촉했을 테지만 이 모든 상황을 옆에서 기다려주었다.

아이에게 충분한 시간이 될 수는 없으나 엄마가 여유롭게 기다려주고 옆에서 지켜보고 있다는 것을 느끼도록 해주고 싶었다. 세상에 관심이 커지고 활동량이 늘어난 다섯 살 아이가 엄마의 지지와 응원 속에서 자신감을 가질 수 있도록 말이다.

비우기 어려운
감정의
쓰레기통

육아서에 심취해 있을 때 읽었던 내용 중 기억에 남는 것이 있다. 어느 집이든 가장 약한 존재인 아이들에게 감정의 쓰레기를 쏟아놓는 경우가 많은데, 아이들이 감정의 쓰레기통이 되면 정서적으로 건강할 수 없다는 이야기였다. 이를 알고 있음에도 불구하고 나도 모르게 아이에게 나의 감정을 쏟아붓는 때가 있었다. 한강에서 뺨 맞고 종로에서 화풀이하는 식이었다.

둘째 딸이 아마 네 살이 된 해였던 것 같다. 가족끼리 근처 공원에 놀러가기 위해 준비를 하는데, 일곱 살이었던 첫째 딸이 자전거를 가져가고 싶어 했다. 나는 가는 길이 좋지 않으니 자전거는 다음에 타자고 이야기했지만 결국 자전거를 가지고 걸어가게 되었다.

공원에 도착해서 아이들은 아빠와 신나게 잔디밭에서 놀았다. 분명 두 아이가 아빠와 잘 놀고 있었는데 순간 둘째 딸이 시야에서 사라져 버렸다. 한참을 찾고 있을 때 방송이 나왔다. 둘째 딸의 인상착의와 비슷한 아이를 보호하고 있다는 방송이었다. 서둘러 관리 사무실로 가려는데 문제는 자전거였다. 자전거를 잠깐 두고 갔다 와도 누가 가져갈 것도 아니었을 텐데 굳이 자전거를 끌고 가면서 첫째 딸에게 짜증을 내고 사람들 앞에서 큰소리를 쳤다.

"네가 자전거를 가져오자고 해서 지금 빨리 못 가고 있잖아! 너랑 아빠는 도대체 뭐 하느라고 동생도 잘 챙기지 못한 거야? 한 번만 더 자전거 가져 오자고 떼 부리면 엄마가 가만히 있지 않을 거야!"

둘째 딸을 잃어버렸을지도 모른다는 두려운 마음과 안도의 마음이 뒤섞여 첫째 딸에게 다 쏟아내고 있었다. 그동안 내가 스스로 했던 약속은 다 사라져 버렸다.

"왜 여기 와 있어?"

"내가 엄마를 부르고 있었는데 옆에 아줌마가 엄마 없냐고 물어봤어. 없다고 하니까 엄마한테 데려다준다고 해서 따라왔어."

"언니랑 아빠랑 옆에서 같이 놀고 있었잖아."

"언니가 아빠하고만 놀고 나랑은 안 놀아줘서 그냥 엄마를 부르고 있었는데."

그 순간 첫째 딸은 또 감정의 쓰레기통이 되었다.

"너는 왜 동생이랑 안 놀아주고 아빠랑만 놀아. 진짜로 동생을 잃어버렸으면 어쩔 뻔했어!"

생각해보면 첫째 딸에게 짜증을 낼 일이 아니었다. 아이도 동생이 없어져서 놀랐을 텐데 말이다. 둘째 딸을 잘 챙기지 못한 나의 실수였고, 옆에서 같이 놀아주지 않은 남편에게도 책임이 있는 것이었다. 그런데 집에서부터 자전거를 끌고 가겠다며 고집을 부렸던 첫째 딸에게 모든 책임이 있는 것처럼 몰아갔다. 서로가 놀란 마음을 안정시켜줘야 하는데, 나의 놀란 마음을 첫째 딸에게 모두 쏟아버린 것이다.

집에서부터 자전거를 끌고 오면서 느낀 불편함, 잠시 나의 휴식을 보장받고 싶었지만 그렇지 못해서 불편했던 마음 등은 나의 문제였으나 첫째 딸의 문제인 것처럼 되어버렸다. 아이는 아직도 그날의 일을 기억하고 있다. 엄마의 감정을 받아내느라고 힘들었던 기억이 남아있을 것 같아 미안한 마음이다.

자신의 문제가 그 누구의 문제가 되지 않도록 하기 위한 노력이 필요하다. 그래야만 가족 누군가가 감정의 쓰레기통이 되지 않을 수 있다. 우리는 불편한 감정이 들 때 "짜증 난다"라는 표현을 많이 쓰는데, 이 표현보다는 자세하게 나의 감정을 표현할 줄 알아야 한다. 서로가 감정을 잘 표현하게 되면 우리 집에서 감정의 쓰레기통이 되는 사람은 없을 것이다.

미안한 일에
진심으로
사과하기

초등학교 1학년인 둘째 딸에게 잠깐 학습지를 시킨 적이 있었다. 해야 하는 숙제도 많았기에 처음 해보는 학습지가 어려웠던 모양이다. 첫째 딸도 함께했었는데, 선생님께서는 이렇게 말씀하셨다.

"큰아이가 더 잘해요. 작은아이는 벌써 한눈팔고 집중력이 떨어져요."

선생님께서는 시간에 쫓기는 듯 늘 재촉하셨다. 이런 일이 반복적으로 일어나자 둘째 딸은 학습지를 하면서 스트레스를 받았고 나 역시 그랬다. 아이들의 계산력을 높이는 것도 중요하지만 학교 수업을 따라가지 못하는 것도 아닌데 '굳이 시켜야 하나?' 하는 생각이 들었다. 학습지로 도움을 많이 받는 아이들도 있지만 우리 아이들, 특히 둘째 딸과는 맞지 않는 것 같았다.

"숙제를 다 못 했는데, 빨리해야 하는데…."

"그럼 서둘러서 해야지."

"선생님도 무섭고 하기 싫은데…."

학습지를 하면서 둘째 딸과 갈등이 생기기도 했다. 선생님이 오시기 전에 학습지 숙제를 미리 검사했는데, 평소에 쓰던 글씨와는 다른 글씨체로 문제를 푼 흔적이 보였다.

"이거 누가 풀었어? 학습지 학교에 가지고 갔었지?"

"어…."

"이거 누가 풀었어?"

"내가 풀었어."

"네가? 네가 푼 글씨가 아닌데? 솔직히 이야기해 봐."

"내가 풀었어. 엄마는 나를 못 믿어?"

"지금 이 글씨를 봐봐. 네가 풀었던 글씨랑 다르잖아. 특히 여기 8자를 봐봐!"

"나 8자 이렇게 쓰기도 하는데…."

"네가 봐봐. 다르잖아. 네가 푼 거 아니지?"

"아니야, 내가 풀었다고!"

"엄마한테 거짓말하면 나쁜 거야. 솔직히 이야기해 봐."

"엄마는 왜 나를 못 믿어?"

내가 오해한 것이었다. 아이는 숙제가 많아 학교에 가서 해 온 것이니 칭찬을 해줘도 모자랄 상황에 얼마나 상처가 되었을까 싶다. 아이를 우선 믿어주고 다음에 또 같은 일이 일어나면 그때 가서 이야기해도 될 일이었다.

둘째 딸은 사람들과 어울리는 것을 좋아하고, 리더십도 있으며, 친구들과 활동하는 것을 좋아한다. 그래서 걱정스러운 부분도 있다.

둘째는 초등학교 5학년이 되면서 마을버스 혼자서 타보기, 친구들과 지하철 타고 놀러 갔다 오기 등 언니가 하는 행동을 따라 해보고 싶어 했다.

한번은 둘째 딸이 친구들과 어울리려고 나에게 거짓말을 했다고 오해한 적이 있었다. 둘째 딸은 잘못한 것이 없었는데도 그 오해는 오해를 낳아서 결국은 나의 장황한 훈계를 들어야만 했다. 둘째 딸은 그때의 서운했던 감정을 지금도 이야기한다.

"그때 엄마는 왜 나한테 화를 냈을까?"

엄마가 자기를 믿지 못한 것이 아직도 속상한 모양이다. 이와 같은 오해는 아이에게 상처가 되었다. 둘째 딸은 상처가 치유되지 않았는지 가끔 그때의 서운함을 이야기하고, 그럴 때마다 나는 미안하다고 말한다. 그리고 또 서운함을 이야기하면, 또 미안하다고 말한다. 아이의 서운함이 풀어질 수 있도록 진심을 담아서 미안함을 표현하고 있다.

아이가 서운한 것을 이야기하면 엄마는 아이에게 진심으로 사과하면 된다. 엄마도 실수할 때가 있음을 인정하는 것이다. 엄마의 진심 어린 사과에 따라서 아이의 마음속에 평생 서운함으로 남느냐, 그냥 어렸을 때 있었던 이야기로 남느냐가 달라진다. 아이가 여러 번 이야기하는 일이 있다면 반드시 귀담아 들어주고, 혹시라도 사과가 필요하다면 진심으로 사과해야 한다.

아이 마음
성장의 첫걸음마,
사춘기

사춘기는 사춘기다. 갈등이 없다고는 하지만 첫째 딸이 사춘기가 되면서 소소한 갈등이 벌어졌다. 중학교 2학년이 되니 아이들은 뜬금없이 화를 내기도 하고 조금만 자신과 의견이 다르면 말을 안 하기도 했다. 마음의 준비를 하고는 있었지만 실제로 마주친 아이의 사춘기는 당황스러웠다.

"도대체 왜 난 초등학교 때 용돈을 안 준 거야?"

"대신 너는 친구들하고 놀러 나갈 때마다 용돈을 줬잖아. 아마 그 돈이 더 많을걸?"

"도대체 왜 난 스마트폰을 중학교에 와서 사주고 쟤는 벌써 사주는 거야?"

"나는 초등학교 때 친구들과 시내도 나가지 못하게 하더니 왜 쟤는 벌써 허락했어?"

아이를 달래보기도 하고, 화를 내기도 하고, 짜증을 내기도 하면서 아이의 사춘기를 맞이하는 것은 힘들었다.

"나도 그 운동화 신고 싶었는데, 나는 안 사주고. 쳇!"

순간 화가 났다.

"너는 지난번에 신발 사줬잖아. 동생은 너보다 신발을 깨끗하게 오래 신으니까 이번에 사준 거 아니야. 그렇다고 너한테 아무 신발이나 사주는 것도 아닌데 왜 그래!"

아이는 농담으로 이야기했는데 왜 엄마가 화를 내는지 이유를 모르겠다며 도리어 나에게 화를 내는 날도 있었다. 도무지 아이의 마음을 가늠할 수 없었다. 지금까지 불평이나 불만이 없었던 아이인데 책이 아닌 실제로 마주친 내 아이의 사춘기는 당황스럽고 낯설었다.

"시험 잘 봤어?"

"아니….."

"어제 스마트폰 보느라 공부를 안 하는 것 같더라."

"나도 알아."

시험을 잘 보지 못한 첫째 딸은 방으로 들어가 버렸다. 청소년 시기에는 전두엽에서 폭풍우가 몰아치고, 측두엽에서 문제 해결과 감정 조절이 이루어진다. 사춘기 아이의 화는 자신의 의지보다는 뇌의 폭풍우로 감정 조절이 잘 안 되기 때문에 생긴다. 그래서 사춘기 아이들은 들쑥날쑥한 감정을 그냥 날것으로 뱉기도 하고 침묵으로 일관하기도 한다.

방으로 들어가 버린 아이를 따라 들어가서 더 이야기하고 싶었지만 참았다. 다행히 아이는 다시 나와서 시험을 못 본 이야기를 하며 어제 스마트폰을 너무 많이 본 것 같다고 반성했다. 이거면 됐다. 아이에게 오늘은 좀 더 잘해보자고 이야기했다.

전에도 이와 비슷한 상황이 있었다. 그때는 아이를 따라 들어가 잔소리를 했다. 아이는 "나도 속상하니까 그냥 아무 말도 안 하면 안 돼?" 하면서 울었다. 그 뒤로는 첫째 딸이 속상한 일이 있다고 하면 시간을 준다. 그러고 나면 마음의 안정을 찾은 후 나에게 할 말을 전한다.

엄마라고 해서 다 참아야 하는 것은 아니다. 하지만 사춘기 자녀가 있다면 내 마음속에 올라오는 화를 잠깐 참는 것이 도움이 된다. 화를 참기가 쉽지는 않지만 당장 하고 싶은 말이 있더라도 5분 정도의 시간을 갖는 것이다. 잠시 내 마음을 멈추지 않으면 "너는 매일 스마트폰만 하니? 그게 뭐가 중요해. 그 시간에 공부 좀 해라"라는 말들이 먼저 나간다. 그래도 꼭 전하고자 하는 말이 있다면 감정의 단어를 지양하고 아이에게 객관적이며 관찰 가능한 사실만 이야기하는 것이 좋다.

SNS 사진을 정리하다가 우연히 첫째 딸이 10개월이 되었을 때 공원에서 찍은 사진을 발견했다. 사진 속 아이는 당당하게 서서 손을 흔들고 있었다. 10개월 된 아이가 혼자 서서 활짝 웃으며 손을 흔드는 모습이 너무 사랑스러웠다. 아이들의 모든 것이 감동이었던 시절이었다. 아이가 처음으로 뒤집었을 때, 첫걸음마를 떼었을 때 등 아이의 처음은 모두 소중하게 기억에 남아있다.

아이들이 스스로 자신의 몸을 움직이기까지 많은 노력이 필요하다고 한다. 첫 뒤집기를 했을 때, 젓가락을 처음 잡았을 때, 처음으로 자기 이름을 썼을 때 얼마나 대견했던가. 이때는 젓가락 사용이 서툴다고, 글씨가 삐뚤삐뚤하다고 화내지 않는다. 오히려 잘한다고 칭찬한다.

사춘기 아이들은 이제 마음의 성장을 하기 위해서 성장통을 겪고 있다. 마음의 표현이 서툰 아이가 예뻐 보이지는 않으나 사춘기 아이들의 마음이 삐뚤어진 글씨와 서툰 젓가락이라고 생각해보자. 서툰 마음의 표현은 갈등의 시작이 아니라 성장의 시작인 것이다.

사춘기 아이를 바라보는 부모의 마음이 달라지면 한결 편안해지고 관계도 변한다. 사춘기로 접어들면 감정의 변화도 급격하게 일어난다. 성장하는 아이를 하나의 인격체로 바라보는 연습이 필요하다. 전두엽이 아직 미성숙한 사춘기 아이들에게 감정의 널뛰기는 당연한 일이다. 아이의 감정이 올라갔다면 부모의 감정을 낮추면 된다.

엄마의
현명한
학습 관리법

"애들 공부는 내가 절대로 못 가르쳐. 가르치다 보면 화가 난다니까."

가끔 두 딸의 공부를 봐주다 보면 당황스러울 때가 있다. 분명 어제 중요하다고 이야기하며 같이 외운 부분인데, 오늘 다시 물어보면 모르는 경우가 많기 때문이다.

"엄마가 분명히 여러 번 강조했던 내용이잖아."

"지난번 경주에 갔을 때 엄마가 말해줬잖아. 기억 안 나?"

경주에 가서 신라의 수도였다는 말을 몇 번이나 반복했는데도 경주가 신라의 수도였냐며 나에게 다시 물을 때는 정말 화가 났다. 도대체 학교에서는 제대로 공부하고 있는 건지 의심이 들기도 했다. 그러나 이런 의심과 화는 될 수 있으면 안으로 넣으려고 한다.

나는 부모교육을 하면서 엄마들의 감정을 표현하는 방법이 중요함을 강조하고 있다. 특히 공부를 가르칠 때 엄마는 참을 줄 알아야 한다. 나도 아이들의 공부를 봐주면서 스스로 두 가지 약속을 했다. 첫째는 다른 아이들과 비교하지 않는 것, 둘째는 아이들에게 공부를 가르쳐주면서 소리 지르지 않는 것이다. 나 자신은 잘 지킨다고 생각했으나 이는 나만의 생각일 뿐 아이들은 내가 기억조차 못 하는 일을 이야기하면서 엄마에게 서운하다고 말한다.

아이들의 공부를 봐주다가 혹시 화가 난다면 학창시절의 자신을 생각해보면 된다. 나의 경우 학교 다닐 때 공부를 못한 것은 아니었지만 이해하는 데 시간이 필요한 학생이었다. 암기도 잘하지 못했다.

"엄마, 나 영어단어가 너무 안 외워져. 진짜 머리가 안 좋은가 봐."

"엄마도 중학교 다닐 때 외우기 힘든 영어단어가 있었어. nurse가 너무 어려워서 외워지지 않더라고."

"nurse?"

둘째 딸이 영어단어를 외우다가 안 외워지는 단어가 있는지 잠시 투정을 부렸다. 그동안 접해보지 않았던 언어를 배우고, 들어보지 못했던 단어들을 외우기가 힘든 것은 당연하다. 나도 그랬다. 지금 생각해보면 어렵지 않은 단어인 'nurse'를 외우지 못해서 100번은 넘게 쓴 것 같다. 나중에는 결국 외웠지만 한 단어를 외우는 데 너무 오랜 시간이 걸렸다. 아이들은 엄마도 영어단어를 외울 때 힘들었다는 이야기를 해주면 좋아한다.

아이들은 새로운 것을 배우고 이해하는 데 많은 시간이 필요하다. 어른들이 보기에는 쉬운 내용도 아이들에게는 어려울 수 있다. 20대 때 중학교에서 기간제 교사로 근무한 적이 있었다. 교실에서 수업을 하다 보면 학생들의 교과목에 대한 이해도가 많이 차이 났다. 상위권 학생들은 이해가 빠르고 수업 내용을 잘 따라오는 반면 학습 내용에 별로 관심이 없는 학생들은 집중하지 못하고 멍하게 있는 경우가 많왔다. 집중을 잘하는 아이라고 생각했는데 성적이 생각보다 높게 나오지 않아서 의아했던 학생들도 있었다. 그래서 딸들이 학교에서 받아오는 점수에 후했던 것 같다.

"나는 이 문제가 정말 이해가 안 되는데 왜 그런 걸까?"

"이번에는 정말 열심히 공부했는데 시험을 망쳤어."

학년이 올라가면서 아이들은 이런 이야기를 많이 한다. 심지어 내가 설명해줘서 다 이해했다고 한 부분에서 오답이 나오면 마음이 답답하다. 그러나 엄마와 함께 공부하면서 들었던 잔소리는 아이에게 절대 도움이 되지 않는다. 오히려 자존감이 낮아질 뿐이다.

아이들과 함께 공부하면서 화를 내거나 소리를 지르지 않아야 하지만, 무엇보다 중요한 것은 비교하지 않는 것이다. 화내지 않기와 비교하지 않기는 스스로 학습 관리를 잘하는 아이로 만들기 위해서 꼭 필요하다. 또한 학습 플래너 쓰기를 추천한다. 아이가 스스로 쓰기 어려워하면 엄마와 함께 쓰는 습관을 들인다. 이로 인해 성적이 잘 나오면 노력한 모습을 볼 수 있어서 좋고, 성적이 안 나오면 나쁜 결과를 가져온 원인을 찾을 수 있어서 좋다.

시험을 봐서 90점을 받았다며 신나게 집에 온 아이에게 엄마는 이런 질문을 한다.

"너 말고 90점 넘는 친구 있어?"

엄마는 그냥 궁금해서 묻는 말일 수 있지만, 아이에게는 시험이 쉬운 거 아니었냐는 말로 들릴 수 있다. 이런 질문을 하고 싶어도 꾹 참고 함께 기뻐해야 한다. 시험이 쉬웠든 아니든 아이가 90점을 받았다고 좋아하면 잘한 것이다.

"정말 잘했어. 시험 본다고 어제 공부 열심히 하더니 오늘 성적도 잘 받아와서 좋다."

칭찬은 아이의 기를 살려주고 집중할 수 있는 힘을 키워준다. 두 딸은 엄마의 칭찬에 가끔은 뜬금없이 이런 고백을 하기도 한다.

"그런데 엄마, 오늘은 시험이 쉬워서 친구들이 거의 90점을 맞았어."

이때 엄마는 "네가 열심히 공부해서 좋은 점수를 얻은 거야"라며 한마디라도 더 칭찬하는 것이 좋다. 학습을 관리하는 것만큼 아이들과 좋은 관계를 형성하는 것도 중요하기 때문이다.

사춘기
두 딸의
전쟁과 평화

중학생이 된 둘째 딸이 7시에 일어났다. 등교 준비를 한다고 아침 일찍 일어난 것이다.

'우리 집에서 학교까지는 5분 거리인데 왜 이리 일찍 일어났을까?'

머리를 감은 후 고대기로 머리를 만지는 데 공을 들인다. 내가 보기에는 달라진 것이 없어 보이지만 그렇게 30분을 넘게 시간을 보내더니 결국은 머리 모양이 마음에 들지 않는다고 투덜거리며 학교에 갔다. 이제 곧 준비 시간은 짧아질 것이다. 첫째 딸도 학년이 올라가면서 기상 시간이 늦어지더니 고등학생이 된 지금은 30분 만에 준비를 마친다. 첫째 딸이 중학생 때는 뭐 그리 일찍 일어나느냐고 참견을 했지만, 둘째 딸에게는 그런 이야기조차 하지 않는다. 아이들이 성장하는 과정인 것을 알기 때문이다.

얼마 전에는 둘째 딸이 몇 가지 화장품을 사고 싶어 했다. 중학교 2학년이니 빠른 것 같기도 하지만 요즘 아이들 기준으로 본다면 그렇게 빠른 편은 아니란다. 한참 외모 가꾸기에 빠져 있다.

"엄마, 요즘 쟤는 왜 저렇게 멋을 내? 이상하네. 사춘기 온 거야?"

동생의 그런 모습을 본 첫째 딸의 반응이다. 첫째 딸도 중학생이 되면서 화장품이나 옷을 사며 외모에 관심을 가지기 시작했으나 오히려 지금은 별 관심이 없다.

"넌 무슨 화장품을 그렇게 많이 사냐? 고등학교에 가면 화장할 시간도 없고 별 의미 없어."

"언니도 화장품 샀었잖아. 왜 나한테만 그래!"

"나는 그래도 뷰러하고 마스카라는 안 샀다."

"쳇!"

아직 개구리도 안 됐으면서 올챙이 시절을 생각하지 못하고 동생에게 사춘기라서 이상하다며 이야기하는 첫째 딸의 모습을 보니 웃음이 났다.

그리고 드디어 우리 집에도 딸들의 옷 전쟁이 시작되었다.

"이거 오늘 내가 입기로 했는데 언니가 입어버리면 어떡해?"

"넌 내 옷 맘대로 가져가서 입잖아!"

"나는 그래도 깨끗하게 입지. 언니는 신발하고 옷하고 막 입어서 엉망이잖아. 다시는 언니하고 같이 옷 안 살 거야."

"그래라!"

어느 날은 사이좋게 옷을 나눠서 입다가도 결국은 다툼으로 끝나는 경우가 많다. 처음에는 이런 상황이 엄마인 내게도 스트레스가 되었다. 남매로 자란 나는 옷이나 신발로 동생과 갈등 경험이 없어서 새롭기도 하고, 어떻게 해야 하는지 고민스러운 부분이었다. 언니나 여동생이 있는 사람들에게 이야기하면 본인에게도 늘 있었던 일이라며 심각하게 생각할 필요 없다고 조언해주었다. 그러나 내 입장에서는 저렇게 싸울 거면서 왜 옷을 같이 사는지 이해가 안 되기도 했다. 이제는 어느 정도 적응이 되어 자매라서 가능한 재미있는 일상이라고 생각한다.

유행에 민감한 아이들이다 보니 보는 눈이 비슷해서 똑같은 신발을 사는 경우도 있다. 처음에는 같은 디자인을 사지 말라고 했었는데, 유행하는 디자인을 누군가 먼저 사버리면 다른 사람은 신지 못하는 거냐고 항의해서 그냥 같은 신발을 사게 했다. 그런 상황에서도 다툼은 일어났다. 사춘기 딸들의 다툼은 끝이 없다.

초반에는 첫째 딸에게 동생의 입장을 대변해주기도 하고, 둘째 딸에게 언니의 입장을 이야기해주기도 했으나 오히려 이런 것들이 역효과가 있음을 알게 된 후로는 둘의 다툼에 끼어들지 않는다. 이제는 그냥 두면 금방 풀어진다는 것을 알기에 정말 큰일이 아니라면 그냥 두고 보는 것이 답이라는 걸 알았다. 앞으로는 돈을 모아서 옷을 사지 않겠다고 큰소리를 치더니 몇 시간이 지나지 않아서 "언니, 우리 이 옷 같이 살래?" 하는 걸 보면 자매의 싸움은 칼로 물 베기인 것 같다.

사춘기가 되면 외모에 관심을 가진다. 후두엽이 발달하면서 시각적인 자극이 강해지기 때문이다. 또한 영웅 심리가 작용해 남들이 나를 쳐다보지 않아도 관심을 받고 있다고 생각한다. 또래 집단의 시선은 특히 더 중요하게 생각하기에 집단에서 유행하는 것들을 따라 하게 되는데 경중의 차이가 있을 뿐이다. 그러니 딸만 둘 키우는 우리 집에서는 옷과 신발 관련 크고 작은 일이 많은 건 당연한 일이다. 그렇다고 아이들이 모두 같지는 않다. 사춘기에는 자기만의 취향과 개성이 생기고 생활습관에서도 차이가 나기 시작한다.

"엄마, 나 이 샤워 타올 하나 사주면 안 돼?"

어느 날 마트에서 둘째 딸이 이야기했다. 가족들이랑 같이 안 쓰고 혼자서 쓰고 싶다는 것이었다. 사춘기가 되면서 내 방을 갖고 싶어 하는 것과 같은 이유라는 생각에 흔쾌히 들어주기로 했다. 어릴 적 나도 내 것을 갖고 싶어 했던 경험이 있었던 걸 보면 사춘기의 한 과정이라는 생각이 든다. 유별나다고 할 수도 있으나 사춘기 아이의 모습 중 유별난 것은 하나도 없다. 다만 유별나게 보는 어른들이 있을 뿐이다.

사춘기 아이들은 그들만의 방법으로 '나'를 만들고 있다.

그 옆에는 사춘기 아이들의 중심을 잡아줄 어른들이 필요하다. '꼰대'가 아닌 '옳고 그름의 기준'을 함께 이야기하고 그들의 성장을 도와줄 수 있는 어른 말이다.

소소하지만
특별한 우리만의
이야기

둘째 딸을 낳고 나서 너무 좋았다. 남동생만 하나 있는 나는 언니나 여동생이 있는 친구들이 부러웠다. 그래서 두 딸이 생겼다는 현실이 너무 기분 좋았고, 든든한 내 편이 생긴 것 같았다. 두 딸을 키우면서 내 편들과 함께 두고두고 공유할 수 있는 우리만의 추억 이야기를 만들고 싶었다.

#1

아이들의 생일파티를 멋지게 해주고 싶은 마음은 항상 있었지만 친구들을 초대해서 크게 생일파티를 해준 일이 거의 없었다. 둘째 딸은 친구들과 함께하는 생일파티를 더욱 원했다.

"어쩌지? 이번에 친구들과 생일파티를 못 할 것 같아."

이런 말을 늘 반복하다가 초등학교 3학년 때 처음으로 친구들과 함께하는 생일파티를 해주었다. 지금도 너무 좋아하던 그때의 모습이 기억난다. 친구들과 함께 케이크도 자르고 축하받으며 좋아하는 모습을 보니 '더 일찍 해줬으면 좋았을 텐데' 하는 생각이 들었다.

생일마다 친구들과의 생일파티는 없었지만 그래도 만 열살이 될 때까지 아주 특별한 생일 축하를 해주었다. 두 딸의 생일날은 늘 수수팥떡과 백설기를 맞춰서 주변 사람들과 나눠 먹었다. 평소에 인사하는 아파트 주민들에게 떡을 돌리면서 주변 사람들의 축하를 받는 것을 아이들은 좋아했다. 어려서부터 익숙해서인지 아이들은 생일이면 엄마가 해주는 떡을 기다렸다. 둘째 딸은 열 살이 넘었다고 안 해주는 것은 반칙이라며 계속해달라고 조르기도 했다. 친구들과 근사하게 생일파티 한 기억은 사진으로 남았지만, 생일마다 빠지지 않고 챙겨주었던 백설기와 수수팥떡은 아이들의 마음 속에 남은 것 같다.

"엄마가 우리 생일 때 꼭 백설기를 해줬는데…."

떡집 앞을 지나가면서 건네는 둘째 딸의 말에 한참을 어릴 적 생일 이야기로 두 딸과 수다를 떨며 행복한 시간을 보냈다. 아이들이 크면서 작지만 함께했던 특별한 경험들이 소중하게 느껴진다.

#2

첫째 딸이 유치원에 입학하고 정규 수업을 마친 첫날 유치원 문을 나서며 "엄마~" 하고 뛰어와 나에게 안겼다. 그 뒤로 유치원을 졸업할 때까지 매일 같은 모습으로 나에게 안겼다. 유치원이라는 사회생활을 처음 경험한 첫째 딸이 마음의 안식을 얻는 방법이었던 것 같다. 그래서 나도 아이가 달려오면 힘껏 안아주려고 했다. 그런 기억들이 좋았는지 지금도 내가 안아주는 것을 좋아한다.

사춘기에 접어든 아들은 엄마라 할지라도 안아주는 것보다는 등을 두들겨 주거나 가벼운 포옹을 하는 것이 좋다고 한다. 아들에게 사춘기는 그런 나이라고 한다.

딸들이 힘들고 지칠 때면 더 안아달라고 하는 것 같아서 많이 안아주려고 노력한다. 새벽까지 공부하고 집으로 돌아오는 첫째 딸을 마중 나가면 지금도 '와다다' 달려온다. 그러면 유치원 때처럼 두 팔 벌려 힘껏 안아준다.

이렇듯 사소한지만 자녀와 함께 공유할 수 있는 것이 있다면, 분명히 특별한 우리만의 것이 될 수 있다.

친애하는 두 딸에게

혼자서 걸음을 내딛던 모습이 아직도 눈에 선한데 벌써 고등학생
이 되고, 중학생이 되었네. 시간이 어떻게 지나갔는지 모르게 정말
눈 깜짝할 사이에 너희들이 커 버렸어. 아직 어린아이 같은 모습이
남아있는데 벌써 사춘기라니 믿어지지 않는다.

삶의 모든 순간이 연습이나 준비는 아니라는 생각이 들어. 우리에
게 주어진 시간은 어느 순간이나 소중하니까. 미래를 준비하기 위
해서 지금만 누릴 수 있는 것들을 포기하지 않았으면 좋겠어. 진학
을 준비해야 하는 부담이 있어서 충분히 시간을 만들기는 어렵지
만, 그 시기에 친구들과 나눌 수 있는 것들을 충분히 나눴으면 하
는 것이 엄마의 바람이야.

사춘기를 지나면서 가끔은 날카롭게 변하기도 하고 자기주장이 강
한 모습을 보면 엄마도 당황스러워 어찌할 바를 모를 때가 있어. 하
지만 지나가는 과정이라고 생각해. 너희들 마음도 어쩔 수 없는 부
분들이 있을 테니 말이야.

외모를 가꾸는 너희들에게 하는 잔소리가 듣기 싫겠지만 사춘기는 너희들을 완성해가는 시간이라고 생각하니까 잔소리가 아닌 관심의 표현이라고 생각해줬으면 좋겠어. 가끔은 유행 감각 떨어지는 엄마에게 조언도 해주고 말이야.

엄마는 너희들이 사회에 진출했을 때쯤 유리천장이라는 말이 사라졌으면 좋겠어. 하고 싶은 일이 있을 때는 주저하지 말고 도전하면 좋은 결과가 있을 거야. 여자라는 이유로 너희들이 하고자 하는 것들을 못 하는 일이 없었으면 해. 앞으로 너희가 하는 일들을 엄마로서, 같은 여자로서 늘 응원하고 지지할게.
너희들이 성인이 되어도 우리가 함께할 수 있는 일들이 더 많아졌으면 좋겠다. 사랑해.

3부

나는 아들
셋과 함께
성장하는 중입니다

최종희

시끌벅적
대가족
우리 집

처음부터 신혼살림을 시부모님과 함께 시작했다. 당시 나는 아이를 낳은 후에도 계속 사회생활을 하고 싶었기에 아이를 돌봐주실 부모님의 도움이 절실히 필요한 상황이었다. 부모님께서 경제 활동을 하시지 않다 보니 여러 가지로 같이 사는 것이 좋을 거라는 생각이었다. 줄줄이 삼 형제가 태어나면서 3대가 같이 사는 7명의 대가족을 이루게 되었다.

내 직업에 시간적 자유가 있다 보니 바쁜 시즌이 아닐 때는 오후 일찍 집으로 퇴근하고, 아버님께서 4시쯤 아이들을 어린이집에서 데리고 와주셨다. 나는 집에서 아이들을 맞이한 후 간식과 물을 챙겨 아이들과 운동장에서 실컷 노는 동안 어머님께서 저녁 준비를 해주시는 것이 우리 가족이 맡은 서로의 역할이었다. 집에 돌아와 아이들을 목욕시킨 후 저녁을 먹고 나면, 나는 설거지를 하고 그 시간 동안 아버님께서 아이들과 시간을 보내주셨다. 다둥이 엄마에 워킹맘이지만 아이들과 보내는 시간적 여유가 비교적 많았던 것은 모두 시부모님의 도움 덕분이었다는 것을 요즘 들어 더 새삼 느끼게 되어 감사하다.

아이들이 어릴 적에는 외식을 생각지도 못했다. 어머님의 음식 솜씨가 뛰어나신 덕이기도 했지만, 밖에 나가 주변 사람들의 눈치를 보며 아이들에게 싫은 소리를 하고 싶지 않았다. 그냥 집에서 편하게 먹고 싶었던 마음이 컸다. 그래서 우리 집 외식은 늘 배달 음식이었다. 남들처럼 분위기 좋은 곳에서 격식을 차리며 맛있는 음식도 먹고, 아이들에게 경험도 시켜주고 싶었지만 얻는 것보다 잃는 게 많다는 생각에 수없이 마음을 돌려세웠다.

첫째 아이가 다섯 살 때의 일이다. 아이들을 놀이동산에 데려가 경험하게 해주고 싶다는 일념에 세 아들을 데리고 놀이동산에 갔다. 막내는 유모차에, 첫째와 둘째는 유모차 양쪽을 붙잡고 걸어 다녔다. 그런데 정확히 왜 그랬는지 이유가 기억나지 않지만 첫째 아이에게 고래고래 소리를 지르며 화를 토해냈다. 아마 첫째 아이가 무언가를 하고 싶다며 고집을 피웠던 것 같다. 나는 어린아이 셋을 데리고 다니면서 피곤함에 절어 결국 아이들에게 나의 힘듦을 쏟아내고 말았다. 영문도 모르는 첫째는 그냥 나의 화를 고스란히 당해내고 있었고, 둘째는 멍하니 나를 보며 서 있었고, 그 와중에도 막내는 유모차에서 깊은 잠에 빠져있었다.

그날 아이들을 데리고 집에 오면서 어찌나 미안하고 속상하던지 하염없이 눈물을 흘렸다. 다른 아이들이 쉽게 경험하는 일들을 세 아들에게도 해주고 싶었던 마음이 결국 나에게도, 아이들에게도 가슴 아픈 추억이 되고 만 것이다. 그날 나는 또 하나를 결심했다.

'아이들이 스스로 놀이기구를 탈 수 있을 때까지 놀이동산에 가지 말아야겠구나.'

시부모님께서 가사일과 육아의 일정 부분을 감당해 주시

고, 남편과 내가 각자 맡은 역할에만 충실하다 보니 혼자 세 아이를 감당해야 할 시간이 주어지면 나도 모르는 멘붕이 오곤 했다. 물론 이런 경험과 기다림의 시간이 지나고 난 후 우리 가족은 아이들 스스로 음식을 먹을 수 있을 때쯤 우아하게 외식을 할 수 있었다. 놀이동산에서도 아이들과 약속 장소와 시간만 정한 채 자유로이 다니게 하고 난 막내에게 집중하는 여유 있는 생활을 즐길 수 있었다.

주변 엄마들과 이런 추억 수다를 떨다 보면 내게 지혜로운 엄마라며 칭찬 섞인 이야기를 들려준다. 그때의 나를 돌아보면 주위 다른 아이들이 경험하는 것을 우리 아이들에게 경험해 주고 싶은 욕심의 크기보다 대가족이다 보니 집안에서도 다른 아이들이 할 수 없는 다양한 경험이 존재한다는 사실을 느끼고, 만족하며, 뿌듯했던 부분이 더 컸던 것 같다.

지금은 아이들이 사춘기에 접어들면서 다른 가정보다 부딪쳐야 할 어른이 많음을 불만의 이유로 들기도 하지만, 그럼에도 불구하고 어른들과 함께했던 성장의 시간이 과한 선을 넘지 않도록 해준다. 첫째 아이는 할머니와 의견 충돌이 생기고 난 후 사과하고 싶지 않다는 표정을 지으면서도 할머니 방에 들어가 "할머니, 잘못했습니다" 하며 사과를 드리고 나온다. 그런 아이를 보면 감사하기도, 기특하기도 때로는 미안한 마음도 공존한다.

어른이 계시기에 굳이 입으로 가르치지 않아도 아이들이 배우는 것이 상상 이상으로 많다. 이런 모습을 앞으로 아이들의 삶 속에서 계속 볼 수 있기를 희망하며 오늘도 우리 대가족은 시끌벅적 잘 살아가고 있다.

세 아이가 준
채움의
시간

직장맘인 내게 첫째 아이의 보육 기관을 찾는 것은 육아
에 있어 가장 중요한 과제였다. 연로하신 시부모님께 전적
으로 아이들을 맡길 수는 없었기 때문이었다.

첫아이다 보니 처음에는 엄마들 사이에서 평이 좋은 사립
유치원을 찾았다. 어린이집과 유치원의 차이도 모르는 초보
엄마였던 나는 사립유치원의 환경에 눈이 휘둥그레졌다. 상
담을 시작하며 18개월인 첫째 아이는 아직 그곳을 갈 수 없
는 나이임을 알게 되었다. 갈 수 없는 곳이기에 비싼 비용이

나에게 크게 와 닿지 않았고, '어린이집에 보내다 이곳으로 와야지' 하며 그곳에 내 욕심의 씨앗을 심었다.

다시금 여기저기를 찾아 헤매다 고개 끝자락에 자리 잡은 어린이집이 눈에 들어왔다. 높은 위치에 있어서인지 볕이 좋았다. 멋진 마당이 펼쳐져 있어 아이를 꼭 보내고 싶은 곳이었다. 그러나 급히 알아봐서인지 자리가 남아 있지 않았다.

그때 나는 무슨 용기였는지 선거공략이라도 내걸 듯 처음 뵙는 선생님께 말도 안 되는 재능기부를 제안하며 이곳에 우리 아이를 보낼 수 없냐고 애원했다. 국악을 전공한 나는 사물놀이 재능기부를 하겠다고 이야기했다. 선생님께서는 "말씀만이라도 감사하다"라고 하시며 맞벌이 가정으로 대기를 걸어놓으면 연락을 주겠다고 했다. 예의 바른 거절에 한껏 풀이 죽은 채로 "예, 알겠습니다" 하고 그곳을 뒤로한 채 아이를 맡길 다른 어린이집을 찾아 전전긍긍하며 헤맸다. 자리가 있는 곳은 왠지 마음에 들지 않고, 마음에 드는 곳은 자리가 없었다.

'찾지 못하면 어떡하지?' 하는 불안감이 내게 신호를 보내는 중에 마침 휴대폰이 울렸다.

"여보세요!"

"여기 ㅁㅁ어린이집입니다."

재능기부 제안을 했던 어린이집이었다. 대기 중인 아이들
의 어머니들과 연락이 닿지 않아 나에게까지 기회가 온 것
이었다. 그 전화 한 통에 마치 기적을 체험한 듯했다. 그렇게
내가 꼭 보내고 싶었던 어린이집에 첫째 아이를 보내게 되
었다.

첫 등원 날, 낯선 곳의 어색한 분위기에 엄마와 헤어지기
싫어 울 법도 한데 첫째 아이는 내게 손을 흔들며 웃어 주었
다. 그런 아이의 모습을 뒤로한 채 돌아서는 발걸음과 함께
나는 하염없이 흐르는 눈물을 감출 수가 없었다. 별별 생각
들이 '죄책감'이라는 단어로 내 가슴에 남았다. 바쁜 엄마여
서 이렇게 일찍 어린이집에 보내야 한다는 사실이 미안했
고, 이런 마음은 한동안 날 아프게 했다. 첫째 아이는 엄마의
아픔을 알고 있다는 듯, 걱정하지 말라는 듯 너무도 당당하
고 건강하게 어린이집을 다녔다.

지금 생각해보면 첫째 아이는 참 신기하게도 "엄마, 어린
이집 가기 싫어. 엄마, 회사 가지 마"라는 말을 한 번도 한 적

이 없다. 내가 채워주지 못한 빈틈의 시간을 아이는 어떻게 기억하고 있을지 안쓰럽기만 하다. 그러나 첫째 아이는 무탈하게 자기만의 멋진 그늘을 만들었다. 그 그늘을 방패 삼아 15개월 동생도 형과 함께 어린이집에 입성하여 형제들만의 채움의 시간을 만들어 주었다.

아이가 셋이다 보니 점점 어린이집을 보내는 아이의 나이가 낮아졌고, 6개월 된 어린 막내도 형들이 있는 그곳을 자연스럽게 다니기 시작했다. 시어머님께서는 본인이 막내를 돌보지 못하고 일찍 어린이집에 보내야 한다는 사실을 미안해하셨지만, 나는 진심으로 살림뿐 아니라 하원 후 아이들을 돌봐주시는 것만으로도 감사했다. 늘 정신없이 바빴던 나에게 시어머님께서는 오롯이 아이들에게만 집중할 수 있는 환경을 만들어 주셨다.

이렇게 세 아들은 남들보다 일찍 사회생활을 멋지게 시작했다. 지금까지의 세월 동안 엄마가 채우지 못한 빈틈의 시간을 삼 형제들만의 성장으로 꽉 차게 채워주었다. 그런 아이들에게 너무나 고맙고 감사하다.

나는 주변 어른들의 관심과 사랑의 시간이 아이들의 성

장 모습 속에서 거짓 없이 보여질 것이라고 생각한다. 모든 부모는 각자의 삶 속에서 아이들에게 최선을 다하며 살아간다. 이런 부모들의 최선에 정답은 없다. 다만 내가 믿는 것은 부모들의 노력이 우리 아이들의 성장 과정에서 언젠가 나타날 것이라는 점이다. 나의 최선이 세 아들에게 빈틈보다는 채움의 시간이었기를 바란다.

아이의 생각이
먼저다

#1

아직 육아에 대한 공부가 부족할 때, 나는 너무 많은 실수를 저질렀다. 첫째 아이의 경우 유독 시행착오가 많았다. 그래서 난 항상 첫째 아이에게 미안하다. 확인되지 않은 주변 엄마들의 정보들은 산들바람처럼 내 마음에 스며들었다.

첫째 아이가 여섯 살 때 일이다. 인기 있는 소그룹 과학반이 신설된다는 정보를 들었고 부지런히 서둘러 다행히 등록에 성공했다. 아이가 받을 교육이 시작되기도 전에 첫째 아이가 똑똑한 과학도가 된 것 마냥 뿌듯했다. 수업이 시작되고 3주가 지난 어느 날 선생님께서는 면담을 요청하셨다.

"아이가 과학에 흥미가 없는 것 같아요. 5명 정원에 4명 모두는 수업 과정을 재미있어하는데, ○○이만 준비물을 가지고 다른 놀이를 하고 있어요."

선생님의 말씀이 내게는 다른 수업을 찾아보라는 통보처럼 들렸다. 복잡한 심정을 뒤로한 채 아이를 데리고 집에 오는 길에 조심스레 말을 꺼냈다.

"과학 수업이 재미없니?"

내 질문을 듣고 잠깐 생각에 잠겼던 아이는 어렵게 입을 열었다.

"과학이 뭔지는 잘 모르겠는데 엄마, 선생님 말씀이 너무 길어. 난 내가 직접 하고 싶은데 선생님이 계속 설명만 들으래. 난 그 시간이 너무 힘들어."

아이의 대답에 잠깐의 쉼과 함께 "그럼, 그만 다닐까?"라는 말이 끝나기 무섭게 아이는 "오케이!"를 외쳤다. 그 대답에 나는 반대 의견을 말할 수 없었다. 쿨한 엄마인 척했지만 '다른 아이들과 왜 다를까?'라는 불안함이 생겼다.

153

내 아이가 특별했으면 하면서도 다른 아이들과 똑같기를 바라는 것이 엄마의 마음인가 보다. 여섯 살인 어린아이에게 나는 무엇을 바랐던 것인가. 내 아이가 다른 아이들보다 특별하다는 확인을 받고 싶었던 어리석은 엄마의 모습이 아니었을까 싶다.

#2

남자아이가 셋이다 보니 첫째와 둘째가 같이 무언가를 배우는 시간이 나에게는 꿀 같은 휴식이었다. 그 시간에 막내만 돌보면 편하겠다는 생각이 절실한 때였기도 했다. 이런 여러 이유로 두 아이는 수영을 배우기 시작했다.

그렇게 시작한 주 2회 아이들의 수영 수업은 나에게 잠시나마 휴가를 주었다. 어느 날, 수업을 마치고 나올 아이들을 기다리던 중에 수영선생님께서 나를 찾고 계시는 것을 발견했다. 순간 무슨 사고가 생겼나 싶어 벌떡 일어나 선생님께 달려갔다. 다행히 사고가 있었던 것은 아니었지만 둘째 아이가 수업시간에 수영장에 들어가지 않고 그냥 밖에 서 있다는 말을 하셨다.

"아, 그래요? 저한테는 아무 말도 없어서 몰랐네요."

수영을 하기 싫은 이유가 있었을 텐데 그 이유를 묻기도 전에 시도 때도 없는 불안함이 널뛰듯 나를 흔들었다. 수영을 마치고 나온 둘째 아이에게 바로 물었다.

"수영하기 싫어?"

당황한 아이는 잠깐 멈칫하다니 대답했다.

"아니, 왜 엄마?"

"아, 그냥. 엄마 눈에 즐거워 보이지 않아서 물어봤어. 아니면 됐어. 형이랑 열심히 수영 배워서 수영장에 놀러가자" 라며 급히 대화를 마무리했다.

아이들에게 수영은 꼭 필요한 교육이라는 생각이 컸다. 한편으로는 두 아이가 수영을 배우는 시간만이라도 한 아이의 엄마이고 싶은 마음이 절실했던 것 같다. 그렇게 둘째 아이가 왜 수영을 싫어하는지 이유를 알지도 못한 채 시간은 지나갔다. 그러던 어느 날, 수영장 가는 길에 아이가 불쑥 이야기를 꺼냈다.

"엄마, 처음 수영 배울 때 선생님이 나를 수영장에 던졌는데, 그때 나는 정말 무섭고 죽는 줄 알았어."

가슴이 '쿵' 했다.

"그랬어?"

"선생님은 장난이라고 하셨는데, 나는 너무 무서워서 몸이 움직이지 않는 거야. 그래서 처음에 수영장 밖에 그냥 서 있었어."

선생님과의 대화 이후 아이에게 자세히 이유를 물어보지 않았던 것이 생각났다. 아이의 마음보다 나의 휴식이 더 절실했는지도 모르겠다.

둘째 아이는 말을 하기 시작하면서부터 말을 더듬었다. 그러다 보니 자꾸 지적하는 일이 잦아졌고, 그래서인지 아이의 말수는 자연스럽게 적어졌다. 말로 표현하는 것이 힘든 아이였음을 제대로 파악하지 못했다. 나는 아이가 편히 이야기할 수 있도록 기다려 주지 못한 엄마였다.

'형이랑 같이 하니 괜찮겠지. 익숙해지면 괜찮겠지'라고 생각하면서 괜찮아지길 바라는 나의 마음이 아이를 더 힘들게 하지 않았을까 싶다. 한 번 더 물어봐 주고, 한 번 더 기다려 주어야 했다. 그럼에도 불구하고 무던한 둘째 아이는 물놀이를 좋아하는 아이로 잘 성장했다.

이런 일들을 통해 내가 깨달은 사실 하나가 있다. 어른들이 바라며 필요하다고 생각하는 것이 꼭 아이들에게도 그런 건 아니라는 점이다. 아이들도 좋아할 거라는 생각은 어른들의 착각이다. 내 생각에 좋을 거라 여겼던 그곳이 아이들에게는 상처로 남을지도 모르기 때문이다. 나는 우리 아이들에게 필요한 것을 잘 볼 줄 모르는 어리석은 엄마였다. 그후에는 세 아이에게 무엇이 필요하고, 무엇이 하고 싶은지를 꼭 묻게 되었다.

내 아이만의
걸음을
응원한다

아이들이 성장하는 시간만큼 나의 묻혀 두었던 상처들이 엄마의 사랑이라는 착각으로 무서운 힘을 발휘하기 시작했다. 첫째 아이의 초등학교 입학이 그 출발점이었다.

나의 경우 초등학교 시절 추억 중 최고는 전국대회를 휩쓸 만큼의 실력을 자랑하는 학교 농악부 활동이었다. 수많은 공연 횟수만큼 엄마들의 지지 또한 대단했다. 그러나 우리 엄마는 늘 바쁘셨기에 내가 열심히 하는 모습을 같이 봐 주지 못하셨다. 그때는 다 이해한다고 생각했던 것들이 내게는 부러움과 상처로 자리 잡고 있었던 것 같다. 이런 마음을 첫째 아이가 학교에 가면서 알게 되었다.

그러다 보니 아이가 학교에 다니는 건지, 내가 학교에 다니는 건지 알 수 없을 정도로 모든 일에 적극적인 엄마가 되었다. 잦은 반 모임은 첫째 아이와 다른 아이들을 비교하는 시간이 되었다. 모임이 있는 날이면 다른 아이들은 엄마에게 시도 때도 없이 찾아와 실시간 브리핑을 하는데, 아들은 내게 오지 않았다. 다른 아이들의 브리핑 속에 늘 등장하는 아들이 점점 거슬리기 시작했다. 그 이유를 확인도 하지 않은 채 나는 아이를 계속 지적하고 있었다. 점점 그런 상황들이 큰 스트레스로 다가왔다.

그렇게 1년을 마칠 때쯤이었다. 문득 아이가 나를 찾지 않는 이유가 궁금해졌다. 첫째 아이와 계획적인 데이트 시간을 만들었고, 나는 작정한 듯 물었다.

"1학년의 시간이 어땠어?"

"엄마, 팔짱 좀 풀고 얘기하면 안 돼? 엄마 얼굴이 너무 무서워 보여."

나는 순간 당황했고 아이를 보며 스르르 팔짱을 풀었다.

"나는 반 모임이 싫었어. 엄마가 친구들이랑 아줌마들 이야기만 듣고 나한테 지적하는 게 너무 싫고 힘들었어."

그 말 속에 내 상처가 보였고, 내 상처로 인해 아이에게 완벽한 엄마의 그늘을 만들고자 한 내 욕심이 보였다. 삐뚤어진 나의 사랑을 꿰뚫어 보는 아들에게 한 방 크게 얻어맞은 기분이었다. 모든 학교 활동을 엄마에게 보여주고 싶었던 나의 어릴 적 상처가 우리 아이에게는 큰 힘듦으로 기억되고 만 것이다.

첫째 아이가 초등학교 4학년 때의 일이다. 이번에는 삼국지 책이 문제가 되었다. 담임선생님께서 아이가 수업시간이든 놀이시간이든 친구들과 어울리지 않고 삼국지만 읽고 있다며 전화를 주셨다.

'도대체 이번에는 뭐가 문제인가?'

불안한 마음을 꾹 누르고 집에 돌아온 아이에게 말을 건넸다.

"오늘 선생님과 통화했는데, 네가 삼국지만 읽는다고 너무 걱정하시더라. 근데 수업시간에까지 읽는 건 잘못된 거 아닐까?"

"나도 알아. 근데 다음 내용이 너무 궁금해서 참을 수가 없었어. 선생님께 잘못했다고 말하려 했는데, 아이들 앞에서 자꾸 화를 내시면서 이야기하니까 기분이 나빠서 더 읽었어. 나를 이상한 아이로 만드는 것 같았어. 엄마, 잘못했어."

잘못된 행동이긴 했지만 어찌나 똑 부러지게 이야기를 하던지 나도 모르게 '피식' 웃고 말았다. 한편으로는 참 멋지게도 느껴졌다. 다음부터 수업시간에는 읽지 말라고 전하며 마무리했다. 그날 이후 우리 집에는 다양한 버전의 삼국지가 생겼다.

아이를 키우며 많은 일을 경험한다. 그때마다 이유를 묻기보다는 나 혼자 문제라 생각해 버리고 해결해야 한다는 강박감에 치여 사는 것 같다. 강박감이 생기는 이유는 다른 사람의 시선이 신경 쓰이기 때문이다. 그래서 나는 다른 사람의 시선에 더 무신경해져야겠다고 생각했다. 빠르든, 느리든, 독특하든 잘못된 것은 하나도 없다.

나는 첫째 아이를 통해 아직 어려도 생각할 수 있고, 선택할 수 있으며, 느낄 수 있다는 것을 배웠다. 타인에게 인정받는 것도 중요하지만 자신만의 걸음으로 자기 길을 가는 것이 더 중요한 것임을 나보다 아이가 먼저 알고 있었던 것 같다. 어른이라고 해서 늘 아이보다 앞서 걸어야 하는 것은 아니다. 어른이기에 아이들 뒤에서 걸어주는 것도 때론 필요하다. 내 아이의 걸음을 응원하고 지지해주면서 말이다.

아이가 가진
내면의 보물을
찾아서

둘째 아이는 말을 시작할 때부터 말을 더듬었다. 보통 성격이 급해서 말을 더듬는다고 하는데, 둘째는 말수도 적고 말보다는 놀이에 더 집중하는 아이였다. 말을 더듬는 아이가 걱정되기 시작하면서 그 이유 또한 알고 싶어졌다.

둘째 아이가 태어난 지 10일 만에 친정엄마가 돌아가셨다. 그런 상황으로 어릴 적 제대로 돌봐주지 못했던 시간 때문이 아닐까 하는 미안함이 늘 존재했다. 학교에 갈 나이가 다가오니 그 걱정은 더 커져만 갔다. 큰맘을 먹고 아이가 일곱 살이 되던 해에 남편과 함께 병원을 찾았다. 선생님께서는 여러 가지 검사를 통해 말더듬이 있는 것은 맞지만 부모와의 정서적 관계에는 문제가 없다고 하셨다. 검사 결과 중 가장 특이했던 것은 다른 아이들에 비해 비언어적 지능이 언어적 지능보다 월등히 높다는 것이었다. 그래서 언어를 접하고 습득하는 방법이 느린 것이 아니라 다른 것이라고 하셨다. 그러니 불안해하지 말라는 조언도 해주셨다.

둘째 아이를 키우면서 선생님의 조언이 내게는 성경과도 같은 말이 되었다. 이후 언어치료를 위해 놀이치료센터를 다니기로 했다. 언어치료를 받고 돌아오던 어느 날, 둘째 아이의 손을 꼭 잡으며 말했다.

"엄마가 너를 사랑하지 않은 게 아니야. 네가 태어났을 때 사랑하는 할머니를 하늘나라에 보내드려서 엄마가 너무 슬프고 힘든 시간이었어. 그때 같이 해주지 못해서 엄마가 정말 미안해."

눈물이 쏟아졌다. 아이는 말없이 그냥 걷고만 있었다. 며칠 뒤 치료를 받고 돌아오는 길에 둘째 아이가 조용히 내게 말을 건넸다.

"엄마, 미안해하지 않아도 돼."

일곱 살 아이는 나를 위로해 주는 듬직하고 멋진 아들이었다.

초등학교 입학 후 받아쓰기 시험은 둘째 아이에게 큰 난관으로 자리 잡았다. 시험을 볼 때마다 아이는 점점 작아져 가고 있었다. 한글이 너무 어렵다며 눈물을 흘리고 괴로워했다. 그런 아이를 보며 해낼 수 있다고 위로하면서 서로 부둥켜안고 울기도 했다. 둘째 아이의 받아쓰기 평균점수는 20~40점이었다. 어떤 날은 퇴근 전인 내게 전화를 걸어 "엄마, 내가 20점 밑으로 내려가 본 적이 없는데 어떻게 10점을 맞을 수 있지?"라고 오히려 화를 내기도 해서 배꼽을 잡고 웃었던 일도 있었다.

엄청난 시간을 보내고 드디어 3학년 때쯤 자연스럽게 책을 읽기 시작했다. 누구나 쉽게 배울 수 있는 한글로 된 교과서가 둘째 아이에게는 어렵고 힘든 과정이었다. 지금 생각해도 그 시간을 견뎌 준 아이가 기특하고 대단하게 느껴진다. 내가 둘째 아이에게 해 줄 수 있는 일은 한 가지뿐이었다. 새 학년이 되면 담임선생님께 아이의 상황을 말씀드리는 것이다. 노력을 안 하는 아이가 아니라 언어습득의 방법이 다른 아이들과 차이가 있다는 사실을 이해시켜 드려야 했다.

한글이 늦다 보니 모든 과목을 감당하기가 힘든 건 사실이었다. 그래서 잘하는 과목에 집중해 보자고 생각했다. 스스로 잘하는 것 하나는 있어야 버틸 힘도 있는 것 아닌가. 둘째 아이에게 그 과목은 체육이었다. 그래서 난 운동을 많이 할 수 있는 환경을 만들어 주었다. 그 속에서 아이는 자기가 잘하는 것과 못하는 것을 인정하며 점점 더 당당하게 성장했다.

'일곱 살 때 상담을 받지 않았다면 나는 둘째를 어떻게 키웠을까? 그렇게 같이 걸을 수 있었을까?'

아이는 운동을 잘해서 친구들에게 인기가 많다. 더딘 학교 공부는 성실한 노력으로 조금씩 발전해가고 있다. 둘째 아이는 이제 중학생이 된다. 아직도 같은 또래의 진도가 아닌 자기만의 페이스로 영어와 수학 등을 해내고 있다. 사회의 기준으로 보면 아이의 성적이 걱정되는 요인일 수도 있지만, 나는 둘째 아이의 미래가 기대된다. 나와 둘째가 지내

온 시간이 그 이유를 보여주고 있다.

부모는 내 아이가 다른 아이들에 비해 부족한 부분이 있음을 걱정하지 말고 아이의 내면에 숨겨진 보물을 먼저 찾아야 한다. 기대되지 않는가? 그 보물이 무엇인지 말이다. 아이가 스스로 그 보물을 찾아내고 마주하는 멋진 시간을 함께해 줄 수 있는 부모가 되길 바란다. 지금도 우리 아이들의 보물찾기는 계속되고 있다.

아이를 통해
엄마도
자란다

세 아들 중 막내는 유일하게 모유 수유에 욕심도 내고, 아기 때부터 잠도 잘 자며, 성격도 얌전해서 어딜 가나 손이 덜 가는 아이였다. 엄마가 내 엄마여서 너무 좋다는 사랑 그득한 표현에도 너그러운 아이다. 아들 셋을 키우는 내게 딸 같은 아들이 누구냐고 물어보면 늘 막내인 것 같다고 대답하곤 했다.

내게는 모든 것이 완벽했던 막내의 초등학교 입학식 날이었다. 석고상처럼 움직임 없이 앉아 있는 아이가 선생님 눈에 이상해 보였는지, 아이 앞까지 걸어오셔서 이름표를 보시며 말을 걸어주셨다.

"입학식이 즐겁지 않구나? 괜찮아. 학교는 친구들과 즐겁게 지내는 곳이야."

그런 아이를 바라보던 남편이 내게 귓속말로 속삭였다.

"내가 어렸을 때 꼭 막내 같았어. 새로운 환경이 너무 불안하고 힘들었거든. 막내도 지금 그래서 저렇게 앉아 있을 거야."

그 말을 들으니 걱정보다는 아이를 이해해주는 아빠가 있어서 참 다행이라는 안도감이 들었다. 이런 여유가 느껴질 때마다 나는 첫째 아이가 생각난다. 모든 것이 처음인 첫째 아이에게는 이해보다는 걱정이 앞섰던 시간이었기 때문이다. 이렇게 시작된 막내의 첫 학교 상담시간에 선생님께서 해주신 말씀을 잊을 수가 없다.

"아이는 뭐라 할 말이 없을 정도로 잘 지내고 있어요. 너무 완벽해지려 애쓰는 성격이라 아이한테는 못 해도 괜찮다는 말을 많이 해주셨으면 해요."

모든 것에 빈틈투성이 엄마에게 완벽을 추구하는 아들이

있다는 사실이 참 좋았다. 하지만 다른 한편으로는 걱정되는 부분도 있었다. 막내는 집 밖에서 완벽한 모습을 보이려고 많은 에너지를 사용했다. 그래서인지 밖에서의 모습과 다르게 집안에서는 징징거리며 짜증이 많은 아이였다. 막내는 입버릇처럼 이야기했다.

"엄마 난 운동은 잘하는데, 공부는 중간이야. 아니, 공부는 못 하는 것 같아."

"네가 잘하고 못 하는 것을 어떻게 그리 잘 알고 있어? 참 대단하다. 근데 엄마가 생각하기에는 공부도 잘하고 있는 것 같은데?"

막내가 '피식' 웃었다. 아이는 무언가 해보기 전에 "망했다"라는 이야기를 먼저 하고, "해보니 재미있네"가 다음 대사다. 늘 잘하고 싶어 한다. 그럴 때마다 나는 "아니야, 잘했어"라고 말해주며, 재미있다고 하면 "하길 잘했지?"라고 응원했다. 솔직히 말하면 조금은 거짓 위로가 포함되어 있기도 하다.

아이들은 부모들이 표현해주는 말과 행동으로 많은 감정을 배워가는 것 같다. 부모의 말이 주는 무게감은 아이의 생

170

각을 세워 준다. 또한 마음을 성장시켜 인생을 결정짓는 중요한 역할까지 가지를 치게 도와주는 역할을 한다. 그렇기에 나는 아이들의 말에는 번역이 필요하다고 생각한다. "공부를 못 한다"는 말은 "공부를 잘하고 싶다"라는 뜻이고, "망했다"라는 말은 "잘 안 돼서 속상하다"라는 뜻이다.

나는 늘 버릇처럼 어떤 일이 발생하면 그 상황을 가르치려고만 한 엄마였다. 그래서 나와 전혀 다른 표현을 하는 막내가 여전히 어렵지만, 또 그런 아이를 통해 배우고 있다. 서로의 말을 잘 알아듣지 못하면 그 말로 소중한 사람에게 상처를 주거나 믿음을 잃기도 한다는 것을 말이다. 요즘은 거짓 위로보다는 내 느낌을 담아 꼭 안아준다. 막내는 엄마가 왜 안아주는지를 알고 있다. 그렇게 나도 조금씩 지혜의 마음이 커가는 것 같다.

아이는
엄마의
스승이다

무더운 여름의 어느 날 내게는 잊히지 않는 나쁜 기억이 있다. 막내를 유모차에 태우고 양옆에 첫째와 둘째를 데리고 어딘가를 가던 중이었다. 지나가던 아주머니가 우리를 보며 말을 건넸다.

"막내는 아들이에요? 딸이에요?"

난 그냥 웃었다. 사실 말대꾸를 하고 싶지 않았다는 것이 솔직한 마음이었다. 아이들도 서로 쳐다보고만 있었다. 별 반응을 보이지 않는 우리를 보고도 그분은 그냥 지나치지 않고 유모차에서 곤히 자는 막내를 확인하고는 이렇게 말했다.

"아이고, 하나는 딸이 있어야 하는데."

'이 상황은 뭐지?'

참 기분 나쁜 선입견이다. 아들이 셋이면 대부분의 사람은 딸을 낳으려고 셋째를 낳았다고 생각한다. 반대의 경우도 마찬가지다. 나는 아들 둘을 낳고 난 이후에 딸을 낳으려고 셋째를 낳은 것이 아니라는 변명 아닌 변명을 달고 살아야 했다. 아이들의 유치원이나 학교 등 주변에서 만나게 되는 엄마들에게 아들이 셋이라고 하면 "와, 대단하세요. 정말 힘드시겠어요"라는 말이 단골 멘트다.

사람들은 남의 인생 엿보기를 참 좋아한다. 다른 이들의 삶을 통해 '저 사람보다는 내가…'라고 생각하면서 지금 자신의 삶을 서열화하고 있는 것 같다. 나는 삼 형제를 둔 엄마라 좋다. 삼 형제를 키우며 생긴 인생 스토리가 너무 많아 남의 인생을 엿보고 싶은 마음도, 알고 싶은 마음도 없다.

세 아들이 줄줄이 초등학교에 다닐 때 상담, 발표회, 운동회 등 학교 행사에 참여해 보면 삼 형제의 유형은 모두 달랐다. 첫째 아이는 엄마가 학교에 안 왔으면 했고, 둘째 아이는 와도 그만 안 와도 그만이었고, 셋째 아이는 꼭 와주기를 바랐다. 그래서 나는 동시간에 세 아이의 바람을 충족시켜주기란 역부족임을 늘 경험했다.

엄마로서의 삶이 늘 이렇기에 나는 주변의 시선에 불안해하기보다는 내가 추구하고자 하는 방향으로 아이들과의 시간에 집중했다. 내가 운동을 좋아해서 아이들과 긴 시간 운동하는 시간을 가질 수 있었다. 또 악기를 전공하다 보니 공부보다는 아이들이 다룰 수 있는 악기를 배우는 시간이 중요하다고 생각했다. 이렇게 내가 가진 생각에 선택과 집중을 할 수 있었다. 물론 시간이 지나서 '왜 공부할 시간을 많이 주지 않았냐?'라는 아이들의 원망을 들을 수도 있겠지만, 그럼에도 불구하고 지금까지는 아이들도, 나도 잘 헤쳐나가고 있다.

삼 형제를 보면 동적인 에너지가 극을 달한다. 하지만 이러한 넘침이 꼭 힘든 것만은 아니다. 아직은 다듬어지지 않은 시간을 보내는 것이 간혹 힘들 때도 있으나 분명한 것은 세 아이의 넘치는 에너지가 내 삶의 에너지이기도 하다는 것이다.

첫 육아는 경험해 보지 못한 일이기에 힘들고 어렵다. 이럴 때 육아에 대한 도움을 청하고 싶다면, 좀 더 아이를 키워 본 선배들에게 조언을 구하는 것이 좋다. 또래 엄마들은 본인들도 모르게 경쟁을 하고 있다는 생각이 든다. 그 경쟁은 남뿐만 아니라 나 자신도 속해 있는 경기라 생각한다. 그렇기에 나보다 먼저 육아의 시간을 보낸 선배들을 찾고 인연을 맺어 보기를 추천한다. 나도 육아가 힘들 때면 주변의 선배 엄마들에게 도움의 손길을 내밀었다. 경험에서 나오는 조언은 나의 불안감을 잠재우게 해준 묘약이었다.

"삼 형제가 대단한 건가, 삼 형제의 엄마가 대단한 건가?"

"삼 형제라 힘든 건가, 삼 형제의 엄마라 힘든 건가?"

이에 대한 물음에 나는 당당히 대답한다.

"삼 형제라 힘든 건 아니에요. 세 아이의 엄마라 가끔 힘든 건 맞고요."

내 인생의 스승이 셋이나 되니 나중에 나는 얼마나 멋진 엄마가 되어 있을까? 그날을 그리며 지금도 나는 아이들과 정신없는 인생을 즐기고 있다.

사춘기 아이를
기다려 주는
시간

시간 참 빠르다는 말을 실감하는 요즘이다. 어느덧 첫째 아이가 중학교 교복을 입고 있다. 주변 또래들의 사춘기에 귀 기울이며 기약 없는 불안감으로 첫째 아이를 지켜보고 있는 중이다.

중학교에 입학했지만 코로나로 인해 1년을 거의 집에서 보냈다. 나 또한 늘 바쁜 엄마에서 처음으로 늘 같이 있는 엄마로 1년을 보냈다. 아이들과 집에서 지내다 보니 모든 것을 감당하기란 내 능력 밖의 일이었다. 특히 중학생이 된 첫째 아이에게는 모든 면에서 더욱더 잘해야 한다는 불안감에 시달렸다.

그 불안은 첫째와의 마찰로 나타났다. 중학교에 입학하자마자 대부분의 수업이 온라인으로 이루어지다 보니 아이는 처음 겪는 상황에 막막해 했다. 하지만 나는 그런 상황적 이해보다는 학교에서 자주 보내오는 미 과제 알림에 대한 스트레스 때문에 나도 모르게 아이를 다그치는 일이 빈번해졌다.

그러던 어느 날 첫째 아이가 "제가 알아서 할게요. 제발 간섭 좀 그만 하세요"라며 나를 향해 소리쳤다. 어느새 나보다 더 커져 있는 첫째의 몸과 무섭게 성난 얼굴이 내 눈에 들어왔다. 어디서 그런 태도로 엄마를 대하냐며 나 또한 소리를 질렀지만 마음속으로는 '우선 이 자리를 피하자'라고 생각했다. 첫째 아이와 나의 날 선 대립은 이후에도 자주 우리를 찾아왔다. 지금 생각해 보면 이런 대립적 상황이 찾아올 때마다 나는 지혜를 찾지 못했던 것 같다.

2학기 때의 일이다. 남편이 갑자기 지방으로 근무지가 바뀌면서 우리는 어쩔 수 없는 주말부부가 되었다. 제일 먼저 걱정이 된 것은 남편의 빈자리였다. 더 명확한 걱정은 첫째 아이가 사춘기라는 사실이었다. 남편이 못 오는 주말에는 막내만 데리고 남편에게 갔다 오곤 했다.

남편 없는 아이들과의 일상은 내가 견뎌낼 수 없는 힘든 시간이었다. 그러다 보니 내 맘에 들지 않는 아이들의 태도에 불같이 과하게 화를 표출하기 시작했다. 한 날은 첫째와 둘째에게 나의 힘듦을 쏟아부은 후 남편을 만나고 왔는데, 이후로도 첫째 아이가 나에게 계속 화를 내고 있었다. 그 모습에 나는 고함을 쳤다.

"왜 계속 엄마한테 화를 내고 있어?"

첫째 아이는 아무 대답도 하지 않았다. 순간 무시당했다는 생각에 더 화가 난 나는 목소리를 높여 일장연설을 시작했다. 나의 어떠한 행동에도 첫째 아이는 미동하지 않았다. 그때 옆에 있던 둘째 아이가 눈에 들어왔다. 빨리 이 상황에서 벗어나고 싶다는 절박한 표정이었다. 그 모습에 나는 '아차' 싶었고, 어떠한 결론보다 이 자리를 피해야겠다는 생각에 조용히 집을 나왔다.

계속 눈물이 쏟아졌고 마음이 아팠다. '성장 과정이니 첫째도 자기가 왜 그러는지 모르겠지'라고 생각하면서도 처음

겨는 아이의 모습에 나도 감당하기 벅찼다. 머리로는 이해하지만 행동은 매번 그렇지 못했다. 마음을 달래고 집에 들어가 조용히 둘째 아이를 방으로 불렀다. 내 마음을 아이에게 이야기해주고 싶었다.

"아빠가 지방에 가시면서 엄마가 참 많이 힘들었어. 형은 지금 성장 중이라 자기가 왜 그런지도 모르게 감정이 들쑥날쑥한 것 같아. 그런 형을 엄마가 받아줘야 하는데 엄마도 힘들다 보니 자꾸 화를 내게 되네."

둘째 아이가 말을 건넸다.

"내가 보기에는 엄마가 심한 건 없어. 형이 이해가 잘 안돼. 난 절대로 형처럼 사춘기를 보내지 않을 거야."

내 맘을 위로할 줄 아는 둘째 아이가 고맙기도 하고, 진지한 얼굴로 사춘기에 대한 자기의 생각을 말하는 것이 귀엽기도 했다. 즐거운 대화가 오고 간 뒤 나는 아무 일 없었다는 듯이 첫째 아이를 학원에 데려다주었다. 학원에 다녀온 아이가 나에게 다가왔다.

"엄마, 고집부려서 죄송해요."

첫째 아이도 스스로 자신을 돌아보는 시간을 가진 것 같왔다. 그날 나는 아이들을 통해 또 하나를 배우게 되었다.

요즘 첫째 아이는 나에게 많은 이야기를 건네준다. 자신이 꿈을 이루지 못하면 뭘 해서 먹고살 수 있을까에 대한 불안감도 내비친다. 갑자기 대학 입학에 대한 불안감도, 때로는 뭐든 할 수 있다는 자신감도 이야기한다.

내가 겪은 아이의 사춘기는 처음으로 자기 자신에 대해 진지하게 생각하는 시기인 것 같다. 그래서 아직 어리고 어설퍼 보여도 더 존중해야 한다. 마찰이 힘들어 피하는 것이 아니라, 아이의 생각에 답을 주려 하는 나의 행동을 피해야 한다. 아이가 사춘기일 때 부모가 해줄 수 있는 최고의 일은 기다려 주는 것이다. 그렇게 나는 첫째 아이의 의견을 먼저 묻기 시작했다.

사람들은 제각기 자기만의 사춘기를 보낸다. 그것을 알면서도 부모는 아이들의 사춘기가 이럴 것이라는 그림을 그리고 기다리는 듯하다. 요즘 첫째 아이의 성장통을 보며 느끼는 한 가지가 있다. 부모도 아이도 처음 겪는 성장통을 문제라고 생각하면 안 된다는 것이다. 어느 책에 따르면 아이가 열 살 때까지 부모가 보여준 행동을 아이는 20년간 부모에게 보여주며 산다고 한다. 그래서 요즘 아이들을 통해 엄마로서의 나를 보며 지낸다. 뿌듯하기도, 미안하기도, 반성하기도 하면서 말이다. 그렇기에 첫째 아이의 자연스러운 성장통을 서로 존중하며 지내고자 노력하고 있다.

자기 인생의
주인이
된다는 것

아이들이 어릴수록 엄마가 가장 중요하다고 생각하는 초점에 힘을 쏟는다. 예를 들어, 공부가 초점인 엄마는 아이들의 교육에 온 힘을 쏟듯이 모든 엄마가 경험하는 일이다. 나에게 있어 가장 큰 초점은 운동이었다. 남자라면 공부, 아니면 운동이라는 조금은 웃긴 생각에서 시작했지만, 내가 잘 시킬 수 있는 분야를 선택했던 것 같다. 그래서 나의 퇴근 후 모든 시간에는 아이들과 함께 근처 학교 운동장을 찾았다.

또한 일반적이지 않은 운동을 시키고 싶었던 나의 욕심에

유도를 가르치기로 결심했다. 집까지 차량 운행이 되지 않는 위치에 도장이 있었지만, 꽉 찬 4년의 시간을 첫째와 둘째 아이를 위해 열심히 운동에 공을 들였다. 아이들이 도복을 입고 경기하는 모습에 세상 다 가진 듯 기뻤던 기억이 내게는 예쁜 포장지에 싸여 마음속에 자리 잡고 있다. 그때 난 우리 아이들이 유도선수가 될 거라는 착각 속에 빠져 살았다.

이렇게 운동에 공을 들이다 보니 상대적으로 학교 성적에 대해서는 관대한 엄마이기도 했다. 첫째 아이가 초등학교 2학년 때 주변을 보니 자기만 영어를 안 한다며 학원에 보내 달라고 했다. 그래서 학원을 알아본 후 5년 정도 꾸준히 다녔다. 둘째 아이도 덩달아 그 시간을 함께했다. 한글도 어려워하는 아이에게 영어가 웬 말이었을까. 그 긴 시간 동안 집에서 과제를 하는 모습은 손가락으로 꼽을 정도였다.

어느 날 나는 큰 결심을 하고 아이들과 서로 터놓고 이야기를 시작했다. 그리고 결론은 두 녀석 다 과감히 영어학원을 그만두기로 했다. 정말 기가 막히는 상황이었지만 한편으로는 속이 다 시원했다. 중학교에 들어간 첫째 아이는 그렇게 영어학원을 접고 수학학원만 다니기로 정리가 됐다.

둘째 아이도 수학만 남았는데 학원보다는 과외를 선택했다. 그 이유를 물었다.

"엄마, 난 다른 아이들과 수업하면 이해하지도 못한 상태에서 넘어가야 해. 진도를 못 따라갈까 봐 불안감만 생겨. 그래서 혼자 공부하고 싶어."

충분히 이해할 수 있는 이야기였다. 그래서 난 고민 없이 대답해줬다.

"알았어. 그렇게 솔직히 얘기해줘서 고마워. 엄마가 과외 선생님 알아볼게."

이렇게 수학은 일단락되었다. 영어는 남편의 조언으로 첫째 아이는 교과서 암기를, 둘째 아이는 단어 암기로 집에서 엄마인 내가 선생님이 되어 체크하기로 했다. 우리 부부는 아이들이 선택한 환경을 잘 지켜나가도록 성실히 도와주고 있다. 형들과는 달리 막내는 꿋꿋이 영어학원에 다니며 예체능학원을 고집한다. 다른 아이들 속에서 뒤처질까 두렵다는 이유로 말이다.

요즘에 첫째 아이는 수학학원만 다니다 보니 자기가 공들이는 시간이 보이는 것 같다.

"엄마, 중학교 2학년 첫 시험에서 수학은 잘 보고 싶어."

"왜 그런 생각을 했어?"

"이렇게 수학학원에 다니면서 오랜 시간을 보내고 있는데 시험을 못 보면 억울할 것 같아."

성적보다 첫째 아이가 스스로 목표를 세워나가는 모습이 멋있었다. 둘째 아이도 자기 계획을 말했다.

"엄마, 체육대학에 가고 싶은데 내 성적으로 갈 수 있을까?"

그런 생각과 고민을 하는 아이가 참 감사했다. 나는 감사한 마음을 담아 대답했다.

"아직 갈 길이 멀어. 천천히 가도 돼. 그러니 지금처럼 꾸준히 해보자. 네가 잘하는 운동을 열심히 하면서 조금 뒤처진 부분은 채워 가보자."

나의 말에 둘째 아이는 '피식' 웃었다.

사회의 잣대에서 보면 우리 아이들이 지금까지는 공부를 잘하는 것이 아니었다. 그러나 각자의 선택에 책임지는 그 모습을 통해 나는 아이들의 미래를 본다. 세 아이가 우리 부부를 인정해 주는 하나가 있다. 바로 "공부, 공부" 하며 키우지 않는 점이다.

지금도 나는 아이들의 생각보다 내 생각이 앞으로 가고 싶다는 충동과 싸우고 있다. 때로는 잔소리 많은 엄마이고, 화 많은 엄마이지만 아이들이 원하는 것을 꺾지 않는 엄마이고 싶다. 자기가 하고 싶은 것을 이야기하며, 같이 고민하고, 필요한 부분을 채우며 성장 중인 우리 아이들을 보면 사회의 틀에서 성공한 삶의 기대감보다는 각자의 개성 넘치는 미래가 궁금하다. 세 아들이 자기 인생의 주인으로 살아가기를 나는 오늘도 기도한다.

역지사지의
마음으로
생각하기

나의 어릴 적 빈곤의 경험들이 지금의 모든 일상을 감사함으로 보기 시작한 이유가 되었다. 문득 엄마가 오빠와 내게 늘 하셨던 말씀이 생각났다.

"어떻게 나같이 부족한 사람에게 너희들과 같이 대단한 자식들이 나왔을까."

그때는 우리를 존중해주시며 귀하게 키워주셨다는 사실을 몰랐다.

얼마 전 둘째 아이와 차를 타고 어딘가에 가는 중이었다.

길가에서 박스를 가득 싣고 힘겹게 가시는 할아버지의 수레에서 박스가 우르르 무너지고 말았다. 다시 그것들을 주워 담고 계신 할아버지를 그냥 지나칠 수 없어 차를 세우고 재빨리 달려가 집이 어디인지 여쭈었다. 차로 가면 금방이기에 차 트렁크를 열고 박스를 주워 담으며 멀뚱히 쳐다보는 둘째 아이를 불렀다. 잠깐 멈칫한 아이는 이내 박스를 트렁크에 담으며 이리저리 눈치를 봤다.

할아버지 집으로 가는 동안 아이는 말이 없었다. 집에 도착하니 산더미처럼 쌓여 있는 박스가 눈에 들어왔다. 트렁크를 열었더니 아이도 조용히 내려 다시 박스를 내려놓았다. 할아버지는 연신 고맙다고 하셨다. 박스를 다 내리고 난 뒤 인사를 드리고 우리는 갈 길을 갔다. 그때 아이가 물었다.

"엄마는 왜 그냥 못 지나가?"

"하늘나라에 계신 할머니께서 가르쳐주셨어. 그냥 지나치지 말고 힘듦을 서로 나누라고."

아이는 조용히 듣고만 있었다. 내가 이런 상황들을 그냥 못 지나치는 것은 엄마에 대한 기억 때문이다. 엄마는 허드렛일을 하시며 우리 남매를 키우셨다. 평생 책임감으로 힘들게 살아오신 엄마를 본 나였기에 힘든 일을 하시는 어르신을 볼 때면 한 번 더 인사를 하게 되고, 뭔가 도움이 되는 일에 솔선수범하게 되는 것 같다.

나는 세 아들이 일찍부터 배웠으면 하는 것이 있다. 그것은 사람들을 배려하고 존중하는 예쁜 마음 밭을 가지는 것이다. 남의 고통을 나의 고통으로 삼을 줄 알고, 남이 나에게 해서 싫은 건 내가 남에게 하지 않고, 타인의 마음을 헤아리며 어떤 상황에서도 역지사지할 줄 아는 마음 말이다. 이렇게 남을 귀하게 생각하는 거름을 통해 멋진 마음 밭을 일궈 나가는 삼 형제가 되었으면 좋겠다.

이제는
세 가지 색이
다름을 안다

세 아이가 초등생이 되기 전에는 형제라서 왠지 취향도, 외모도 전체적으로 풍기는 모든 것이 비슷하다고 생각했다. 똑같은 내복을 입혀 사진을 찍고, 같은 옷을 입혀 외출하며 무언가 통일되어야 만족감이 생겼다. 아이들이 어릴 때는 늘 기준이 첫째 아이였다. 예를 들어, 첫째 아이가 일곱 살 3개월 만에 한글을 마치다 보니, 둘째 아이도 천천히 하면 되겠구나 했다가 둘째는 한글을 익히며 3년을 고생했다. 막내는 둘째를 보며 여섯 살부터 일찍 한글을 시작했는데 일곱 살이 끝날 무렵 한글을 익혔다.

어린이집에 다닐 때도 첫째 아이는 똑똑이였고 친구들과도 잘 지내서 초등학교 입학 후에 친구들과의 관계를 걱정하지 않았다. 반면 둘째 아이는 말수가 없었고 한글도 더디다 보니 초등학교에 입학할 때 친구들하고만 잘 지내줬으면 했다. 그러나 반전이 일어났다.

첫째가 2학년 때 전학을 시키면서 첫째는 매사 똑 부러지니까 잘 적응할 거라 생각하고 둘째만 걱정했었다. 나중에 안 사실이지만 첫째는 반 친구들에게 "전학생"으로 불리는 상처 때문에 학교에 가기가 힘들었다고 했다. 친구들과 놀고 싶어 하면서도 자기가 꽂히는 무엇이 있으면 그것 하나에 몰두하는 성격이다 보니 친구들과 어울려 지내는 것이 힘든 아이였다. 반면에 말수가 없고 한글이 늦어 힘들어하던 둘째는 걱정이 무색하게 친구들에게 인기 많은 아이로 학교생활을 잘 시작했다.

터울이 있는 막내를 초등학교에 입학시키면서 세 아이의 개성을 나도 점차 인정하기 시작했던 것 같다. 막내는 새로운 환경에 대한 불안도가 높았고, 지적받는 것을 너무 싫어

하는 아이이다 보니 어색할 정도로 바른 자세를 하며 소위 말하는 모범생 스타일로 학교생활을 했다. 이렇듯 각기 다른 아이들의 첫 사회생활 모습을 보며 나 또한 아이들에게 갖고 있던 생각을 환기하는 계기가 되었다.

지금 첫째 아이는 늘 친구들에 목말라 하면서도 자기가 하고자 하는 것에 온 힘을 다하고 미련 없이 다음으로 몰두할 것을 찾는다. 둘째 아이는 지금도 친구들에게 인기가 많고 친구들을 몰고 다니는 골목대장이다. 막내는 형들을 보고 자라서인지 또래 친구들보다 운동도, 게임도, 모든 것에 앞서 있으면서도 늘 잘하고 싶은 마음과 못 할 것 같은 불안감이 공존하는 상태로 종종거리며 살아가고 있다.

이렇게 각기 다른 세 아이를 인정하기까지 여러 사연이 많기도 했지만, 더 빨리 아이들의 다름을 인정할 수 있었던 것은 세 아들의 각기 다른 색을 동시에 볼 수 있었기 때문이다. 요즘 세 아이와 친구에 관해 대화하다 보면 첫째는 친구가 많은 둘째를 부러워한다. 예전처럼 불안감 높은 엄마였다면 이런 모습을 보고 걱정을 감추며 아이를 위로했겠지만, 지금의 나는 있는 그대로를 이야기해준다.

첫째는 자기가 하고 싶은 것에 올인하며 혼자 있는 시간이 많아지고, 그 시간 동안 자신에 대한 생각을 많이 한다는 사실을 알게 됐다. 그 이유는 첫째 아이가 하는 모든 대화가 본인의 이야기이기 때문이다. 예를 들어, 앞으로 자기가 무엇을 하고 싶으며, 관심 있는 분야는 무엇이고, 요즘 하고 있는 게임이나 즐겨듣는 노래, 즐겨보는 유튜브 채널이 무엇인지 등등의 이야기를 듣다 보면 주인공이 언제나 자기 자신이다. 반면 친구가 많은 둘째 아이는 모든 대화의 주제나 주체가 친구들이다. 이처럼 아이들의 이야기에 귀 기울이다 보니 나는 어느 순간 첫째에 대해 많이 알게 되고, 둘째 친구들의 신상을 다 아는 엄마가 되어 가고 있다.

아직 막내는 내게 원하는 것이 소박하다. 하교 후 친구들과 놀이터에서 놀 때 엄마가 나와서 앉아 있어 달라는 것, 가끔 친구들에게 소박한 간식을 제공해 달라는 것 정도다. 막내의 친구들은 거의 집에서 첫째인 편이어서 엄마들이 많은 시간을 함께하지만, 나는 첫째와 둘째의 스케줄에 맞추다 보니 막내와 많은 시간을 함께하지 못하기 때문이다. 그렇게 서운함을 이야기해준 막내 덕분에 난 가끔 선물처럼 약간의 간식을 준비하고, 놀이터 근처 의자에 앉아 뛰어노는 모습만 봐주어도 아이는 굉장히 만족해한다.

친구가 많았으면 하는 첫째 아이에게는 이렇게 말했다.

"너의 성격을 인정하고 네가 좋아하는 것을 즐기거나 아니면 친구들이 놀자고 할 때는 네가 좋아하는 걸 좀 미루고 친구들한테도 맞추며 지내봐."

단 자신이 좋아하는 것에 몰입하고, 자신에 대해 여러 방면으로 많은 생각을 하는 것은 너무 귀한 시간이라는 것을 알려주며 기꺼이 아이의 생각을 지지해주고 있다. 한편 둘째 아이에게는 "친구들도 좋지만 그 좋은 시간을 조금 아껴서 너 자신을 위해 쓰면 좋을 것 같아"라는 말을 넌지시 던져 보았다. 혼자 있는 시간을 잘 써야 누군가와 같이 있는 시간도 잘 쓸 수 있다는 이야기도 덧붙이면서 말이다.

처음에는 세 아들이 비슷한 색이라 생각했지만, 시간이 지나면서 '아, 세 아들이 모두 다른 색이구나'라는 생각과 함께 그 다양함과 다름이 보이기 시작했다. 아이가 셋이다 보니 각각의 아이들이 원하는 만큼의 관심과 사랑을 채워주기가 힘든 건 사실이다. 그러나 '조금씩의 결핍이 세 아이에

게 스스로 채우고 싶어지는 계기가 되지 않을까' 하는 생각
도 해본다.

기다리면
알게 되는 것들

아이들이 어릴 때 남편에게 불만인 것 중 하나가 아이들을 따뜻하게 대해 주지 않는다는 점이었다. 연애 기간이 짧긴 했지만 내게는 그 누구보다 배려 깊은 남편이었기에 아빠로서도 그럴 거라는 기대를 하고 있었다. 그러다 아이들에게 왜 냉정한 아빠가 될 수밖에 없었는지 그 이유를 알게 된 계기가 있었다.

둘째 아이가 놀이치료를 받으러 간 센터에서 부부 상담을 권유받았고, 다행히 남편도 시간이 자유로운 일을 하고 있을 때라 잠깐의 머뭇거림은 있었으나 아이를 위해서 상담 제안을 흔쾌히 받아들였다. 상담을 시작하면서 우리 부부가 아이들의 마음을 제대로 읽어주지 못하고 있다는 점을 알게 되었다. 나는 어릴 때 바쁜 엄마의 딸로 살다 보니 문제 해결 능력만 너무 키워졌다. 반면 남편은 부모님이 뭐든지 마음 대로 다할 수 있게 해주시며 공부만 잘하라는 환경에서 자랐다. 그러다 보니 아이들에게 크고 작은 일들이 발생할 때면 나는 아이의 감정을 묻고 읽어주기보다 그 문제를 해결해주는 엄마였고, 남편은 그 문제로 인해 아이들이 시부모님께 싫은 소리를 들을 것 같아 먼저 버럭 화를 내는 방어기제를 쓰고 있었다.

상담 후 우리 부부는 아이들을 대하는 모습의 이해도가 높아졌지만 그렇다고 확 바뀌지는 못했다. 시간이 지나 생각해보면 그때 나는 아빠의 기억이 없어서 내가 생각하는 아빠의 자리를 만들어 놓고 그렇게 해주지 않는 남편에게 화를 내고 있었던 것 같다. 남편에게 아이들과 다양한 스포츠를 함께 즐기며 격 없이 잘 놀아주는 아빠의 모습을 바랐고, 내 성에 차지 않는 남편과 치열한 감정싸움을 했다.

남편은 공부를 열심히도, 잘하기도 한 사람이다. 외국어를 알아들을 수 없는 답답함 때문에 언어를 공부한 사람이기도 하다. 그렇기에 아이들이 질문하는 모든 것에 술술 대답하는 백과사전 같은 사람이었다. 그러나 나는 아이들의 질문에 너무 어렵고 딱딱하게 대답해 주는 남편의 모습에 늘 불만을 가지며 살았다.

그러다가 나만의 불만들이 서서히 희석되는 시간이 찾아왔다. 첫째 아이가 초등학교 고학년 때부터인 듯하다. 나는 아이들이 학교에서 문제가 생기면 그 문제를 남편과 공유하고 아이들에게 "아빠랑 엄마 중에 누구랑 이야기할래?" 하고 물었다. 그럴 때마다 첫째 아이는 아빠를 어려워하는 것 같으면서도 늘 아빠와 이야기하겠다고 했다. 그런 아이의 마음이 궁금해져서 왜 아빠와 이야기하고 싶은지를 물었다. 첫째 아이는 예상외로 아주 쿨하게 대답해 주었다.

"아빠는 길지가 않아. 매우 심플하지. 난 그래서 아빠랑 이야기하는 게 좋아."

둘째 아이에게도 같은 질문을 했다.

"난 엄마랑 이야기하는 게 편하지. 아빠는 너무 어렵게 이야기해서 좀 힘들어."

그 순간 하나의 일깨움이 찾아왔다. 졸망졸망한 삼 형제가 같은 성별이어서 나도 모르게 모든 것이 다 비슷할 거라는 가정을 한 채 아이들을 키우고 있었다는 사실이다. 또한 엄마와 아빠의 자리가 되면 다 똑같은 생각으로 아이들을 키워야 한다는, 말도 안 되는 생각을 하고 있었다. 아이들이 다르듯 엄마와 아빠 역시 다른 색깔을 갖고 있음을, 그 당연한 사실을 어떻게 이렇게까지 모르고 있었을까 싶다. 이런 나를 더 깨우쳐 준 것이 첫째 아이였다.

"어릴 때는 아빠가 참 무섭고 '왜 저렇게 화만 내지?' 했었는데 내가 좀 커서 보니까 아빠가 화를 내는 이유가 이해가 된다고나 할까?"

결혼하고 아이를 낳는 순간 누구나 부모가 된다. 그렇다고 우리가 갑자기 부모의 완벽한 모습으로 변하지는 않는다. 아이들이 어릴 때 내가 그려놓은 아빠의 자리는 남편이 절대 이룰 수 없는 그림이었던 것이다. 그 그림은 남편이 아니기 때문이다. 요즘 남편과 아이들의 관계를 보며 남편한테 많이 미안하고 고맙다. 아이들이 어릴 적에는 아이들과 잘 놀아주는 살가운 아빠의 성격은 아니었지만, 그렇다고 일만 하는 아빠도 아니었는데 그 노력을 알아주지 못했다는 점이 미안하다. 아빠의 부재로 인한 내 상처를 남편에게 무리할 정도로 치유해주길 요구한 것을 묵묵히 이해하고 기다려준 남편에게 고맙다.

첫째와 둘째가 중학생이 된 요즘 아빠와의 대화를 지켜보면 참 흐뭇하다. 모르는 것이 없는 대단한 아빠라며 치켜세우는 아이들의 눈빛이 보인다. 첫째 아이는 아빠의 대화 속에서 자신이 존중받고 있음을 느낀다고 한다. 둘째 아이는 형이 아빠와 시간을 보내는 것이 자기에게는 휴식 시간이란다. 막내는 아빠를 어려워하면서도 형들과 아빠 사이에 끼고 싶어 한다.

남편도 지금은 편해졌다고 이야기한다. 부모이기 전에 불완전한 인간이기에 그 불완전함을 인정한다. 부모로서 경험도 단단해지고, 그 속에서 노력하고 성장하며 이제야 조금은 편안한 양육을 하고 있다는 걸 알아가고 있다. 이런 경험의 시간 속에서 우리 부부도 이해의 폭이 넓어져 간다. 최근 나와 남편이 제일 많이 하는 대화가 있다.

"우리 아이들이 잘 성장하고 있는 것 같아. 우리 부부도 잘 살아가고 있는 것 같고."

부모가 서로를 좀 더 빨리 인정하고 감정싸움의 시간을 단축한다면 아이들과 함께 성장하며 행복하게 살아갈 수 있을 것이다.

내 인생의 멋진 스승, 세 아들에게

엄마라는 이름을 갖게 해준 너희들과 지내온 시간이 벌써 15년이 되어가는구나. 그 시간을 돌아볼 수 있게 해줘서 감사하고, 돌아본 시간만큼 앞으로 엄마로서의 시간을 좀 더 노력하며 살아가고 싶다는 마음을 선물해줘서 감사하다.

점점 각자의 개성을 찾아가며 성장 중인 너희들을 보며 그 시간 안에 엄마도 성장 중임을 느끼며 살아가고 있어. 지금 우리의 모습이 너무 근사해 보여. 앞으로도 엄마의 욕심으로 크는 세 아들이 아닌 스스로 너희의 멋진 인생을 살아가기를 응원하고 기도할게. 몸과 마음이 건강한 어른으로 자라서 누군가에게 선한 영향력을 끼치는 사람이 되기를 간절히 바란다.

세상 그 많은 부모 중에서 우리에게 너희들을 맡겨 주신 주님의 뜻을 기억하며 앞으로의 시간 동안 너희 셋을 위해 기도하고 응원해 주는 부모로 살아갈게. 너희들에게도 이런 부모의 모습으로 기억되고 싶구나.

엄마를 조금씩 성장시켜주고 철들게 해주어 고맙고 감사해. 세상 어떤 멋진 언어로도 다 표현하지 못할 정도로 사랑하고 사랑한다.

그렇게 우리는 엄마가 된다

초판 1쇄 발행   2021년 6월 30일

지은이   유혜리, 이용재, 최종희
펴낸이   정혜윤
편집   김미애
디자인   김미영, 이웅
펴낸곳   SISO

주소   경기도 고양시 일산서구 일산로635번길 32-19
출판등록   2015년 01월 08일 제 2015-000007호
전화   031-915-6236
팩스   031-5171-2365
이메일   siso@sisobooks.com

ISBN   979-11-89533-70-0 03800